ベリーズ文庫

クールな社長の溺甘プロポーズ

夏雪なつめ

STARTS
スターツ出版株式会社

目次

クールな社長の溺甘プロポーズ

クールな社長の溺甘プロポーズ

プロポーズはふたりきりで

天気のいい、日曜日の午後。

三月のぽかぽかとした春の陽気の中、青山《あおやま》にあるカフェのテラス席には楽しげな笑顔とおしゃれなランチが並ぶ。

高校から付き合いのある、気心の知れた友人たちと話すのはなにげない毎日のことや旧友たちのこと。

そんな時間は楽しい。けれどどうしても気になってしまうのが、皆の左手薬指に輝く指輪たちだ。

「もう毎日子供の世話で超大変。早く大きくなってほしいよ」

「えー？　うちまだ旦那とふたりだからうらやましい～」

「結婚してるだけいいじゃん。私なんてまだプロポーズ待ちでもどかしくって……」

ドラマ、コスメ、洋服。そんな話題だったのは、今はもう昔のこと。

今、私たちの話題の中心は旦那、子供、彼氏のことばかり。

そんな中で私は、作り笑いで空気を読んで相槌《あいづち》を打つことくらいしかできない。

そう、なぜなら。

旦那、子供、彼氏なし。

私には、どれひとつとして縁などないから。


「ちょっと、澤口《さわぐち》！　今週配信の商品ディスプレイの提案資料確認した⁉　セールリストもまだきてないし、戦略データの共有もされてないんだけど！」

「は、はい！　今すぐ確認します！」

窓の外には青い空が広がる、平日の午後。

広い室内に社員約五十名分のデスクがセクションごとに分けて並べられている。そのオフィスでは、あちこちから声が飛び交い、さらには資料が舞い、ドタバタと忙《せわ》しない。私はその中でも一段と慌しく動き回る。

品川《しながわ》駅から徒歩十分ほどのところにある、大きなビル。

地上四十階、地下四階建てのそのビルの十一階から十三階を占めているのは、アパレルメーカー『ホールド』の本社。数多くのブランドを展開し、国内でも認知度が高く人気の企業だといえる。

社員総数は店舗スタッフを含め三千名。三十種類あるブランドは、レディース、メンズ、キッズなど幅広く、全国に三百店舗を直営している。

その社内で、主力ブランドというにはまだ少し弱いけれど、近年成長率を伸ばしているブランド「スノードロップ」。二十代から四十代と幅広い世代へ、デイリー使いのできる綺麗めファッションを提案するブランドだ。

そのブランドを運営するスノードロップ運営部という部署で、私、澤口星乃《ほしの》、二十八歳はブランドのコンセプトをまとめるセクションのチーフ……の補佐役として働いている。

新作のデザイン確認、トレンドチェックと来期の戦略、売場戦略、セールの値引き計画、店舗チェックなど、常にチーフより先に把握しておかなければならないことばかり。とにかくやることは山のようにあって、目が回るほど忙しい日々だ。

「柳原《やなぎはら》チーフ、来週の各店への納品数があがってきました。データ送ってあります」

「ありがとう」

私の言葉に、長身で黒いストレートヘアがよく似合う上司、柳原チーフは手もとの書類から、デスクの上のPCへ視線を向けて、物流データを確認する。

すると彼女は、思い出したように「そういえば」と口を開いた。

「昨日はどうだった？　高校からの友達と女子会、って言ってたけど」

「あー、はい。楽しかったです。話もたくさんしたし、お店もおいしくてアタリだったし」

「いいねぇ。私地方出身だから、同級生と都内で女子会なんてうらやましい」

柳原チーフは黒いアイラインで囲んだ目をPCの画面に向けたまま、拗《す》ねたように口を尖らせる。

そう。私は東京《とうきょう》が地元なので、高校時代の友達ともいまだに半年に一度くらいのペースで集まれる。それはすごく楽しいし、いいんだけど。

「けどまぁ、今回もあきらかに差を見せつけられたというか、なんというか」

「差？」

昨日の集まりでの光景を思い出すと、苦笑いになってしまう。

そんな私の表情に柳原チーフはこちらに顔を向けて、不思議そうに少し考えてから気づく。

「あ、わかった。友達はみんな結婚してたり子供がいたり、彼氏がいたりするやつだ」

軽い口調で言われた、『友達は』のひと言がグサリと刺さる。けれど柳原チーフは容赦なく言葉を続けた。

「澤口、結婚どころか彼氏もいないもんねぇ。あはは、さみしー」

「うっ……」

けらけらと笑われ、バカにされる。けれど、否定できないから余計悔しい。

昨日の友人たちとの女子会。昔は皆同じだったのに、今では母となり妻となり……ひとり身なのは私だけ。

それでも彼氏がいるとか恋をしてるとか、そういう話があればまた違うのだろうけれど、彼氏もいなければ恋の相手もいない。それどころか、ときめくような出来事すら最近経験していない。

結局昨日も皆から『婚活したほうがいいよ！』とか、『誰か紹介しようか⁉』と口々に言われてしまった。その時のことを思い出し、苦笑いが出た。

「けど、澤口って半年前に付き合ってた彼氏と『結婚するかも』って言ってたよね。なのになんで別れちゃったんだっけ」

「……フラれたんですよ。いつものことですけど」

話しながらデスクの上の書類を手に取りまとめると、背後からは柳原チーフの「あー」と納得するような声がする。

「また言われちゃったんだ？　『星乃は仕事があればいいんだろ』って」

チーフのそのひと言でよみがえってきたのは、半年前に付き合っていた彼から言われたまったく同じ言葉。それに連動するように、心の奥底から引きずり出されてくる忌まわしい過去の記憶。

それをかき消すかのように、ぐしゃぐしゃと頭をかく。

「澤口、真っ直ぐだけど不器用だからねぇ。仕事と恋を両立させてこそ大人の女というもので……」

「はいはい！　わかりました！」

柳原チーフとの会話から逃げるように、私は早足でその場を後にした。

仕事と恋愛。それを両立できたらいい、と思ってはいる。

どちらが大切かなんてそんなの決まっている。

もちろん、好きな人と過ごしていたい。その人といつか結婚したいとか、素敵な家庭を築きたいとか、心からそう思う。

けれど、たとえ好きな人と巡り合えたとしても、人によっては素直に恋愛に踏み込めないことだってあるのだ。

ずっと、アパレル業界で働くことが夢だった。

子供の頃の夢はショップの店員さん。高校生の頃は服を買うためにバイトに励み、卒業後に進んだ専門学校ではパターンやデザインなど服飾について学びながらアパレル店員として働いた。

そしていつしか夢は、服を売るほうから作るほうへと変わっていき、新卒でこの会社へ入社した。

たった一枚で気分を変えてくれる、服が好き。自分が着ることはもちろん、人にコーディネートを提案してそれを着てもらうこと、そしてその人にも変化を感じてもらうことが楽しくてしかたない。

そんな憧れの職に就けて、必死に仕事をこなすうちにチーフ補佐という立場ももらえて、充実した毎日を送っている。

……けれど。そんな仕事ばかりの毎日は忙しく慌ただしい。

朝から晩まで働き、残業もある。基本的には土日休みだけれど、店舗からのヘルプで休日出勤もあれば、休めても疲れから寝て終わってしまうこともたびたびある。

時期によっては各地にある店舗を巡回するため出張もある。

そんな日々の合間に、恋人に割ける時間は少ない。ましてやお互い仕事をしていればなおさらだ。

忙しさを理由に会えなかったり、連絡がおろそかになってしまったり、デートの約束もドタキャンしてしまったり。それらを繰り返してしまい、私は恋人ができても長く続かないのだ。

半年前まで付き合っていた彼氏はそんな私を受け入れてくれていた。かと思いきや、ほかに女をつくっていた。

浮気現場を目撃してしまい、一番聞きたくなかったあのひと言をもらった末にフラれたのだ。

『星乃は仕事だけあればいいんだろ』

社会人になってから、これまで付き合った相手皆に言われた言葉。けれど、彼に言われたその言葉が一番深く胸に突き刺さった。

もう二度とあんな苦しい思い、したくない。


「……はぁ」

オフィスを出てやって来たトイレで、私はひとり深いため息をこぼす。

先ほどの柳原チーフとの会話のせいで、嫌な思い出がどんどんよみがえってくる……。

目の前の鏡に映るのは、春物のライトピンクのロングカーディガンにグレーの丸首ブラウス、白いワイドパンツと自社ブランドの服で固めた自分。

今の自分の充実ぶりをわかってほしくて、背伸びをして高級ブランドのパンプスを履き、まぶしいぐらいに輝く一粒ダイヤのネックレスを身につけ、と精いっぱい自身を飾るけれど、それも幸せそうに家族や恋人のことを語る友人たちの前ではかすんでしまう気がした。

半年前の彼との別れをきっかけに、自分には結婚など縁がないのだとあきらめた。

仕事と恋愛、どちらが大切かと迫られると、時折大切な仕事も嫌いになってしまいそうだ。恋愛したってどうせ続かない。どうせ終わる。どうせ、傷つく。

そんな気持ちを繰り返すなら、ひとりのほうがいい。

いざというときのために保険には入っているし、ある程度お金が貯まったらマンションでも買ってしまおうかとも思っている。あとは老後のために貯金をしておいて……。

そんなことを考えながら、トイレを出ようとしたところ、ポケットに入れておいたスマートフォンがブーッと震えた。

取り出して見れば、画面には【着信　お父さん】の文字が表示されていた。

お父さんから電話……？　なんだろう、わからないけど嫌な予感がする。

けど無視するのもどうかと思い、私は通話ボタンをタップして電話に出た。

「もしもし？」

『おぉ、星乃！　今大丈夫か？』

「うん、少しならいいけど」

電話越しに聞こえる父の大きな声に、思わずスマートフォンを少し耳から離しながら答える。

『それが、沙羅《さら》ちゃんが結婚するらしくてな！　まだ先の話だが、結婚式出られるだろう？』

「あー、うん。大丈夫……って待って、沙羅ちゃんっていとこの？　たしかまだ二十歳《はたち》じゃなかった⁉」

『そうなんだが、恋人が海外転勤になったとかでな。結婚して一緒についてきてほしいとプロポーズされたんだと！』

二十歳にして、プロポーズされて結婚……。それはまたおめでたい話だと思うと同時に、父の次の言葉が想像できてしまう。

「言っておくけど、私はまだ予定ないから」

その言葉を防ぐように自ら先に言うと、電話の向こうからは『うっ』と図星を指されたというような声がした。

やっぱり。どうせ沙羅ちゃんの話から、私の結婚話に持っていくつもりだったのだろう。

『まだ、っていつまでそんなこと言ってるつもりだ！』

「心配しないで。貯金もしてるし保険も入ってるし、一生独身の準備はできてるから」

『そんな準備いらん！』

勢いよく、余計大きくなるお父さんの声に耳がキーンと痛くなる。

『そもそも父さんの会社はどうするつもりだ⁉　じいちゃんと父さんが二代にわたって経営してきたこの会社を終わらせるつもりか⁉』

出た、跡継ぎの話。

子供の頃から何度も、そしてここ数年は会うたびに聞かされている話に、うんざりしてしまう。

父方の家系は【澤口製作所】という、祖父の代から続く自動車部品工場を経営している。身内と十数人の従業員で経営しており規模は大きくないけれど、緻密で精巧な技術が業界内でも高く評価されているらしく、国内でも有名な自動車メーカーを得意先に持つほど。

自身が高齢になってきたことから、父としてはそろそろ次期後継者として社長候補を育てたいところ……が。うちは私と妹のふたり姉妹。妹は二十代初めにお嫁にいってしまい、現在旦那さんの実家のある北海道《ほっかいどう》で暮らしている。

そうなると期待がかかるのは私の結婚相手ということで、たびたびこうして結婚だ、婿だと急《せ》かしてくるのだ。

「従業員の誰かに継いでもらえばいいでしょ。それに会社を継がせるために誰かと結婚するなんて嫌」

そう。今どき身内経営にこだわらなくてもいいと思うし、ただでさえ結婚できる気配がないというのに、恋人ができたところで『婿に入ってうちの会社を継いでほしい』なんて言ったら逃げられてしまいそうな気もする。

そんな気持ちもあり、きっぱりと拒否の姿勢を示す。

「そもそも私は今仕事で手いっぱいだし、結婚なんて考えてないから。だからほっといて！」

ここが会社のトイレだということも忘れて大声で言うと、電話の向こうは一瞬静かになる。

『……そうか、ならしかたがないな』

そして聞こえたのはしおらしい声。

よし、やっとあきらめてくれた。どうせまたいつものように、少し経ったらこうして電話してくるのだろうけど。

そう思ったけれど、父が続けた言葉はいつもと違った。

『それならあの手を使わせてもらう。父さんは本気だからな、待ってろ！』

「へ？　あの手って……」

お父さんはそう言い捨てると、私の話も聞かずに電話を切った。

一方的に話して、一方的に切って……相変わらずその場の勢いで動く人だ。

しかも『あの手』ってなんだろう。

まぁ、お父さんのことだから、無理やりお見合いでもさせようって魂胆かもしれない。絶対しないけど。

当分お父さんからの電話には出ないほうがいいかも。

電話一本になんだか疲れてしまい、はぁと深いため息をつくと、私はオフィスへ戻るべくトイレを出た。

お父さんの気持ちも、わかる。会社の跡継ぎもそうだし、孫だって見たいだろう。

私だって、本当にあきらめたわけじゃない。

だけど、誰かと付き合って、結婚を考えたところでどうせまたうまくいかないだろうという気持ちが湧いてきてしまうんだ。

それから席に戻り、気を取り直して仕事を再開した。バタバタと慌ただしく業務に追われるうちに定時を過ぎてしまい、仕事を終え帰ろうとオフィスを出たのは十九時過ぎのことだった。

「はー……疲れた」

気の抜けた声を出しながらエレベーターに乗り込むと、肩まである茶色い髪をかき上げ、凝った首を回した。

今日は夕飯どうしよう。コンビニ？　スーパー？　まだお弁当残ってるかな。

仕事ばかりで料理などまともにしたことがなく、〝自炊〟という言葉は出てこない。

それに、日々の忙しさを言い訳に整理整頓もせず、洗濯した衣類は椅子の上で重なり合い、雑誌や本は床に積み上がるなど、週末までそのまま。私の住む2DKの部屋はいつも雑然としている。今日は、そんな部屋に帰ってひとりで食事する気にもなれない。

あ、そうだ。今日は近所の居酒屋にでも寄って軽く飲んでから帰ろうかな。

働いた後のお酒とおつまみは最高だし。うん、そうしよう。

想像し、ふふとにやけていると、ポンという音とともにエレベーターのドアが開く。降りると、ビル一階のエントランスには同じ建物に入っている他社の社員たちが行き交っている。

ライトグレーのパンプスをコツコツと鳴らしながら、その中に紛れるように歩く。

すると、やけに周囲がざわついていることに気がついた。

ん？　どうしたんだろう？

不思議に思い見れば、人々……とくに女性たちの視線は一カ所に集まっている。

どこかのお偉いさんでも来ているのだろうかと、私もついその方向へと目を向けた。

すると、エントランスの自動ドアの近くに立つひとりの男性の姿が見えた。

真っ黒な髪を右で分けた彼は、黒縁メガネに二重の目、筋の通った鼻と形のいい薄い唇と、まるで芸能人のような綺麗な顔立ちをしている。

すらりと背も高く、質のよさそうなグレーのスーツに身を包んだ彼は、黙って立っているだけで上品さが漂っていた。

かっこいい……。あれなら皆、ついつい群がり目を向けてしまうわけだと納得できた。

このビルでは見慣れない顔だから、どこかの会社の関係者かな。それとも、ここで働く恋人でも迎えに来たとか？　だとしたら、あんなイケメンをつかまえる彼女もまた、どんな魅力的な人なのか気になってしまう。

「あっ、澤口！」

遠くから彼を眺めていると、私を呼んだのはほかの部署の女性社員たちと一緒にいる柳原チーフだった。

彼女も帰りがけに彼を見かけ、女子同士ではしゃいでいたのだと思う。

「柳原チーフ、あの人誰ですか？」

「さぁ？　でも超かっこいいからつい見とれちゃって！　誰か待ってるのかな」

うっとりとした目で私から彼のほうへ目を向ける。そんな柳原チーフにつられるように私も再度目を向けると、彼はこちらを見ていた。

ばちっと合った目と目。偶然かなと一瞬思ったけれど、次の瞬間には彼はこちらへ向かってずんずんと歩いてくる。

「さ、澤口！　あの人こっち来た！　なんで!?」

「え!?　わからないですけど！」

なぜこちらへ向かってくるのか、まったくわからず柳原チーフと慌ててしまう。

すると彼は私の目の前に立ち、足を止めた。

遠目で見るより大きな彼は、身長一五七センチの私より二十センチ以上は高いと思う。

綺麗な肌、真っ黒の瞳。やっぱり、この距離で見てもかっこいい。

「きみが、澤口星乃さんだな」

「へ？　は、はい……」

名前を呼ばれた。って、あれ？　なんで私の名前を知ってるの？

キョトンとしてしまう私に、彼は間髪を入れずに言葉を続ける。

「単刀直入に言う。俺と結婚しよう」

唐突なひと言に、一瞬その場は静まり返る。

……ん？　今なんて言った？

俺と結婚、しよう？　私に？　なぜ？

意味がわからずフリーズする頭を必死に働かせるけれど、思いあたることはなく記憶を探ろうとしてもなにも思い出せず、余計混乱してきてしまった。

結婚しようと言われても、この人のことなんて知らないし……あ、そっか。人違い？

「あの、すみません。誰かと間違えているみたいなんですけど」

「いや、間違いじゃない。十二月二十一日生まれの射手座、A型、東京都出身で、趣味はひとりで映画鑑賞。陸上競技が得意で学生時代短距離走で関東大会まで進んだ経験のある澤口星乃に、今俺は結婚を申し込んでる」

「って、うわ⁉　なんでそこまで⁉」

たしかに、それらはすべて私のことだ。けれど、どうしてそんなことを知っているの？　しかも学生時代のことまでなんて。

真顔で淡々と話す彼に、やや恐怖すら感じてしまう。

「ちょ、ちょっと……澤口？」

すると、柳原チーフに名前を呼ばれてふと気づく。見れば、先ほどまで彼ひとりに向けられていた人々の視線は、今では私にも向けられている。

まずい。このままここにいたら変な噂になりかねないし、とりあえず、場所を変えよう。

「ちょっとこっちへ……！」

そう考え、私は彼の腕をぐいっと引っ張り、その場から逃げるように歩きだした。

早足でエントランスを抜け、奥にあるドアを押し、ひと気のない建物裏へ出る。

そして人目につきづらい細い通路にふたりきりになったところで、再度彼と向かい合った。

「どういうことですか⁉」

「どうもこうも、そのままの意味だ」

「だから、その『そのままの意味』がわからないから聞いてるんじゃないですか！」

あぁもう、意味がわからないし話が進まない。

しらばっくれているというよりは、『これ以上の説明がいるのか』とでも言いたげに、彼は首をかしげる。

「私はあなたの恋人でもなければ、あなたが誰なのかすら知らないんですよ？　どうしてどこの誰かもわからない人と結婚しなくちゃいけないんですか」

爪の伸びた指先で、ビシッと彼を指差し問いただす。

そこまで言ってようやく質問の要点を把握したのか、彼は「あぁ」と納得した。

「どこの誰かと言われると、俺はこういう者だ」

そう言って彼が差し出すのは、一枚の名刺。そこには【(株) オオクラ自動車　代表取締役社長　大倉佑《おおくらたすく》】と書いてある。

「オオクラ自動車って……あ、あの超有名自動車会社の⁉　しかも社長⁉」

「あぁ。いつも澤口製作所さんには大変お世話になっている」

オオクラ自動車といえば国内外でも名の知れた超有名自動車メーカーだ。

社員総数五万人、この景気でも売上は右肩上がりで『就職したい企業』で必ず上位に入る人気企業。

そして、うちの澤口製作所が昔からお得意様とする取引先だ。

そんな大きな会社の、しかも社長。見た目はおそらく三十代前半で、さらにはイケメンで……その人がなぜここに？

しかもいきなり結婚って、なんの話？

私のいぶかしげな視線など気に留めず、表情が顔に出ないタイプなのか、彼、大倉さんは笑顔ひとつ見せることなく淡々とした口調で先を続ける。

「これでどこの誰かはわかっただろ。じゃあ婚姻届にサインを……」

「って、待って待って待って！」

いたって自然な流れで、手もとの黒い鞄から婚姻届を取り出す大倉さんに私は全力で首を横に振る。

「なんだ、まだなにかあるのか？」

「大アリです！　なんでその大倉さんが私と結婚することになるんですか？　きちん

と説明してください」

私はけっして変なことを聞いているわけではないのに、彼があまりにも面倒くさそうに顔をゆがめるものだから、私のほうがなにか間違っているのかも？という気がしてくる。

いや、私の反応は正しいはずだ。聞いてあたり前の質問だ。そう自分に言い聞かせ、彼の返事を待つ。

すると大倉さんは、口を開く。

「きみのお父さん、澤口恒弘《つねひろ》さんには昔から大変世話になっているからね」

そうなの？とキョトンとしてしまう。

「お、お父さんに？」

「あぁ。うち会社の取引先の社長としてもそうだけど、昔からなにかと世話になっているんだ。俺は澤口さんのことを実の父親のように、いやそれ以上に尊敬している」

あのお父さんが、人からそこまで思われるようなことをしてきたの？

私からすれば、見慣れた普通のおじさんだ。子供の頃は仕事で忙しく、大人になってからは結婚だ孫だと口うるさく言ってくる。ごく普通の父親だ。

そんなお父さんが知らないところで誰かの力になっていたなんて。

仕事だけの人じゃなったんだ。そう思うと、少し感心してしまう。

「だからその澤口さんの願いとなれば、結婚することぐらいたいしたことないよ」

「は？」

ところが。大倉さんのそのひと言によって感心した気持ちは一瞬で消え失せた。

澤口さんの願いなら、って……それってつまり。

「お、お父さんから私と結婚するように頼まれたってこと⁉」

わなわなと震えながら大きな声で問いただすと、彼は真顔でうなずく。

ちょっと待って、意味がわからない。

なんで、なにをいきなり言いだすの……。

「聞けば、澤口製作所は跡継ぎ問題に直面しようとしているらしいな。次女は早々に嫁にいき、残った長女は仕事ばかりで結婚の気配もない、と」

「うっ……耳が痛い」

「このままでは会社を継ぐ者がいなくなる。いっそ娘にお見合いでもさせようか。澤口さんからそう相談を受けたものでな。それならと提案をさせてもらった」

提案？って、どんな？と首をかしげてその話の続きを待つ。けれど、胸の中は嫌な予感しかしない。

「『俺が娘と結婚する。その代わりに、澤口製作所をうちのグループ会社のひとつにする。もちろん今後の会社の経営は俺が責任を持って見るから後継者のことも気にしなくていい』と」

「は……はぁ⁉」

俺がって、なんでそうなる⁉

「そ、そんな無茶苦茶な話、さすがにお父さんも断ったでしょ⁉」

「いや、『お前にならら会社の技術も娘も預けられる。頼んだ』と快諾をいただいた」

「嘘でしょ⁉」

いやいや、ありえないでしょ！　会社のために結婚って、娘の人生をなんだと思っているんだか！

込み上げる怒りをぶつけるようにバッグからスマートフォンを取り出すと、父へ電話をかける。

ところがいくら呼び出し音が鳴ろうとも電話に出ることはなく、留守電にすらつながらない。

私からかかってくることを予想して出ないつもりだな……。

ブチッと電話を切ると、つい深いため息をつきながら目の前の大倉さんを見た。

「わざわざ来てもらって申し訳ないんですが、私父からはなにも聞いていなくて」

「そうだろうな。澤口さんも『娘にはなにも言わないでおく』と言ってた」

けど私がはっきりと断れば、さすがに彼だって引き下がってくれるだろう。

「そう、だから結婚の話は……」

「『なかったことに』と言われても引き下がらないように、とも澤口さんから言われてる」

よ、読まれている。

私の言いそうなことなど、父にはお見通しだったのだろう。その言いつけを律儀に守ろうとする彼に、私も丸め込まれるわけにはいかないと言葉を続ける。

「そんなこと言われても無理です。見ず知らずの人と結婚なんて、できるわけありません」

「大丈夫、夫婦も最初は他人だ。これから互いを知っていけばいいだろ？」

うっ……。なんともまっとうな理屈で言いくるめようとしてくる。

堂々としたその態度はまさしく敏腕社長といったオーラを発している。

けど、ここで負けるわけにはいかない！

「そもそも、そっちこそ会社のために結婚なんてしていいんですか？　本当は嫌なんですよね？　だとしたらこの話はなかったことにしてください、ね⁉」

背の高い彼の肩を掴んで、同意を求めるように揺さぶる。

けれど、やはり彼は真顔のまま。

「いや、俺は嫌じゃない。むしろあの澤口製作所の高い技術をうちの会社のものにできるのは非常にいい」

「はぁ⁉」

いくら会社のためとはいえ、本気で言ってるわけ⁉

私の手を肩からはずすと、揺さぶられて乱れた髪を整える。

そのさりげない仕草さえも、とても美しい。こんなイケメンとの結婚なら、それはそれで悪くないかも……って、しっかりしろ、私！

一瞬浮かんだ不純な気持ちを振り払い、その顔をキッと睨むように見据える。

「とにかく、私はあなたと結婚なんてしませんから。どうかお引き取りください」

そんな私の強気な態度は、予想していた以上のものだったのだろう。彼はあきれたように小さくため息をつくと、ふっと口角を上げてみせた。

「いいだろう。そこまで言うならしかたないな」

そして、次の瞬間には私の頬に手を添えて顔を上げさせると、自分の顔を近づけてくる。

触れそうなほど近くに迫る、その黒い瞳はしっかりと私を見つめた。

「うなずかないなら、時間をかけてでもうなずかせてみせるまでだ」

本気さが伝わる声と、近い距離に、ドキッと心臓が跳ねて息が止まりそうになる。

そんな私の反応を見て、彼は「ふっ」と意地悪く笑ってみせると手を離した。

か、からかわれた。その表情からそう察すると、恥ずかしさに顔がかっと熱くなる。

するとまた、いっそうおかしそうに目を細め、大倉さんはその場を後にして歩きだす。

「また来る。今度はデートでもしよう、星乃」

そう言って、ひらひらと手を振る彼に、私はそこを動けないまま、ひとり取り残された。

な、なんなの、あれ。しかも気安く名前まで呼んで。

いきなり結婚とか、恩とか、うなずかせてみせるとか、わけがわからない。ただ、自分の態度が彼の闘争心に火をつけてしまったのは、あきらかだった。

それにしても、突然の状況の変化についていけない。そんな私を置き去りにして、事態は動きだしている。

罠はいらない

結婚するつもりなんてない。

そう言いながらもやっぱり、いつか、いつの日か私も恋人からプロポーズされる日がくるかもしれないと夢を見ることもあった。

それは、おしゃれな高級レストランだったり、ふたりきりの海辺だったり、ムードのある場所で指輪を差し出される……という幸せな夢。

もちろん、最愛の人からということが大前提で。

なのに現実には、会社のロビーで堂々と、しかも初対面の男からプロポーズされるだなんて、意味のわからないことだった。


ピピピと鳴るスマートフォンのアラームの音で目が覚めた。

「うぅ……眠い」

都内の自宅マンション。

その部屋は、今日も服や雑誌が床に散らかったままで、お世辞にも綺麗とは言えない状態だ。

カーテンの隙間から差し込む朝日のまぶしさに目を細めながら、壁際に置かれたベッドの上でもぞもぞと動き、力を振り絞って体を起こした。

最近、朝起きるのがつらい。

前は会社帰りに飲みに行くのはもちろんのこと、それどころか、そのままオールで朝帰りしても大丈夫だったのに。最近はおとなしく帰って、早く寝ても朝がつらい。年齢のせいってやつなのか、これが……。いや、ただ疲れているだけだ。そうに違いない。

心の中で自分を納得させると、寝癖でボサボサな髪を手ぐしで整える。

変な夢を見たなぁ。

仕事終わりに、見ず知らずの人にプロポーズされるなんて、おかしな夢。

驚いたけど、あんなことが現実に起きるわけもないし、しょせんは夢だ。

あんな夢を見るなんて、私本当はものすごく結婚願望が強いんだろうか。

それにしても、相手はかっこいい人だった。無愛想でちょっと俺様系な態度だったけど、メガネが知的な印象で背も高くて……。

そんなことを考えながら、顔を洗おうかと洗面所へと向かう。

すると、ピンポンとインターホンの音が響いた。

こんな朝早くから誰だろう。

不思議に思いながら、インターホンのスイッチを押し画面を表示させた。

「はい？」

『俺だ。大倉だ』

その低い声とともにパッとモニターに映し出されたのは、夢で見たのと同じ顔。

メガネをかけた黒髪のイケメン。大倉佑と名乗っていたあの人だ。

ということは、つまり夢じゃなかったということ。

「って、なんでここに⁉」

思わず大きな声をあげると、それがスピーカーから聞こえたようで、彼はうるさそうに眉間にしわを寄せた。

『朝からでかい声で元気だな』

「あ、すみません……って、そうじゃなくて！　どうして、私の家を知ってるんですか⁉」

『もちろん、澤口さんが教えてくれたんだ』

驚き問いただす私にも、彼は冷静に答える。

って、お父さん。勝手に家を教えるなんてなにを考えているんだか。

『早く支度して下りてこい。会社まで送る』

「は⁉ なんで……」

『言っただろ？ 今度はデートでもしよう、って。せっかくなら朝の貴重な時間にモーニングデートするのも悪くないだろ』

いたって自然に彼氏気取りでいるところを見ると、やはり昨日の話は夢じゃなかったのだと思い知り、血の気がサーッと引く。

やっぱりこの人、私と結婚するつもりでいるんだ……。

「そういう気遣い、いりませんから。大倉さんがそこにいるなら、私今日会社サボって家に引きこもります」

『そうか。なら俺が部屋まで迎えに行こうか？ 澤口さんから合鍵も預かっていることだしな』

「合鍵⁉」

鼻で笑いながら彼がカメラ越しに見せるのは、もしもなにかがあったときのためにお父さんに預けていた私の部屋の合鍵。

信じられない。お父さんは娘の家のセキュリティーをなんだと思っているのか。もし私になにかあったらどうするつもりなのだろう。

鍵を持たれているとなれば、もう逃げ場はない。

結婚するつもりのない相手から送迎されるなんて嫌。だけどこのままここにいれば、彼は本当に部屋まで上がってくるだろう。

「……拒否権なんてないじゃない」

観念したようにつぶやくと、私はがっくりとうなだれ身支度を始めた。


顔を洗い、メイクをして、袖を通すのはビジューがついた白い丸首ブラウス。ボトムスはピンクベージュのワイドパンツで春らしさを出してと、全身をうちのブランドの新作で包む。

店舗巡回のとき以外は基本的にオフィスでの勤務だし、そんなに全身バッチリ決める必要もないとも思う。けれど、やっぱりせっかくなら自社のブランドの服を着てあげたいし、おしゃれもしたい。社員価格で買えることもあって価格的にもうれしいし。

部屋を出て、ヒールをコツコツと鳴らしながらマンションのロビーへと下りていくと、そこにはグレーの細身のスーツに身を包んだ大倉さんがいた。

「思ったより早かったな」

「あなたが待ってると思ったから急いだんです。忙しなくてしょうがなかったですよ」

不満そうに眉を上げる私の言葉に、彼はとくに反応もせず、マンションの外へ出る。

私もそれに続くと、まぶしい朝日の下、マンションの前には一台の白い乗用車が止められていた。

車にはあまり詳しくないから車種とかはわからないけれど、ピカピカに磨かれた汚れひとつないボディとあまりにも有名な円形のエンブレムから、ハイグレードな車なのだろうということはわかった。

「星乃」

彼は名前を呼んで、『どうぞ？』という仕草をして助手席のドアを開けた。

普段高級車に乗ることも、こんなふうにエスコートされることもない私は思わず気が引けてしまう。

けれど、ここで『乗らない』なんて言えば、『乗りたい気分になるまでここで待つ』とか言いだしそうだし。

「お邪魔、します」

渋々乗り込むと、黒いシートに腰を下ろす。よくある芳香剤とはまた違う、清潔感のあるすっきりとした香りを感じながらシートベルトを締めると、ドアを閉めた彼が運転席に乗り込んだ。

「あの、わざわざ朝から迎えに来てもらわなくていいですから。こんなことされても結婚する気になんてならないですし」

「心配しなくていい。俺は早起きするのは苦にならないから」

「別にあなたの心配をしてるわけじゃないんですけど」

そういう意味じゃなくて！

強い口調で言う私を気にする様子もなく、彼はなんてことない顔のまま。平然と慣れた手つきで車を走らせ始めた。

「朝食は？　どこか寄っていくか？」

「結構です。時間ないですし」

「そうか。じゃあ次回からはもう一時間早く来よう」

来なくていいってば。

つい言いそうになったけれど、言ったところで彼は聞かないだろうと察して言葉をのみ込んだ。

いきなり会社でプロポーズして、断られたにもかかわらず、朝から家まで迎えに来るなんて。いくら会社のためだからって、普通ここまでする？

ていうか、そこまでお父さんとも親しいのかな。いや、彼の事情なんてどうでもいいか。今はとりあえず、一刻も早くこの結婚話をなかったことにして終わらせたい。

少し混み始めた朝の街を走る車の中で、私は自ら話を切り出す。

「結婚って簡単に言いますけど、そんな簡単に決めていいんですか？　結婚となれば自分だけじゃなくて家族も関わるんですよ？」

「大丈夫。うちの家族は問題ないし、澤口さんはもちろん、星乃のお母さんにも挨拶済みだ」

「いつの間に⁉」

お母さんにまで会ってるの⁉

自分が思っていた以上に話が進んでいることに思わず絶句した。

イケメン大好きなお母さんのことだから、『こんなかっこいい彼が星乃の旦那さんだなんてうれしいわ～』と受け入れてしまった図も想像がつく。

やっぱり、ここは私がしっかりと断らなければ。

「でもいいんですか？　私、料理も洗濯もほとんどしませんよ。仕事はもちろん続けたいですし、ひとり分の家事すらもろくにできませんから。ほら、やめたほうがいいですよ」

「仕事は続ければいいし、家事ができないならハウスキーパーでも雇えばいい」

く、くそっ……一歩も引かない。なんて男。

思わずチッと舌打ちをする私に、こちらの意図などお見通しとでもいうかのように彼は口角を微かに上げた。

その反応が悔しくて、ふんと顔を背け窓の外を見る。車で向かう会社までの道のりは、電車の窓から見えるいつもの景色とはまったく違うものだった。

そしてマンションから十分ほど走ると、見慣れた街並みで車はゆっくりと止められた。

「着いたぞ」

その言葉と同時に、先に車を降りた大倉さんはあたり前のように助手席のドアを開ける。

「……どうも」

渋々エスコートされる形で車から降りれば、そこはたしかに会社のあるビルの目の前。行き交う人々は、珍しいものでも見るような目で私と車、そして大倉さんを見ている。

あぁ……目立ってる。すごく恥ずかしい。

男に高級車で送迎させるなんて、どこのセレブだと自分でもツッコミたくなる。

「あぁもう、この車も大倉さんも目立つじゃないですか！　早く行ってください！」

「悪かったな。じゃあ今度は違う車に買い替えてくる」

「そこまではしなくていいです！」

冷静なトーンで言う彼に、本気か冗談か判断できない。けど、本気でやりそうだから怖い。

「言っておきますけど、帰りも迎えに来たりしないでくださいね」

「それは、遠回しに『迎えに来てほしい』という意味か？」

「ストレートにそのままの意味です」

まったく違う方向に深読みしようとしないで！

周囲の視線も気に留めず声を大きくして言うと、私はその場から逃げるようにして足早にビルへと入っていった。

ああもう、朝から疲れた。これなら、通勤ラッシュにもまれてでも電車で来るほうがマシだ。

ていうか、本当になんなの？　あの人。

まさか本気で結婚とか言ってる？　いや、ありえないでしょ。けど、じゃあなんのために朝から迎えに来たりするの？　……あぁもう、考えてもわからないし考えるのやめる。

「……あ」

エレベーターに向かってロビーを歩きながら、ふと気づく。渋々ながらもせっかく送ってもらったというのに、お礼のひとつも言わなかったこと。

せめて送ってもらったことに対しては、『ありがとう』のひと言を言うべきだったかも。

文句しか言えなかった自分を少し後悔してしまう。同時に、お父さんのことが頭をよぎる。

そういえば、昨日はつながらなかったけど、今日はお父さん、電話に出てくれるだろうか。この結婚話がどういうことか、今度こそ問いただしてやる。

そう思って立ち止まり、バッグからスマートフォンを取り出すと、ロビーの壁際に移動して電話をかける。けれど、今日も呼び出し音が響き続けるだけ。

出ない。昨日の今日だし、警戒してるな。

会社に乗り込んでやろうかしらと、イライラしながらスマートフォンをバッグにしまった。

すると、背後から不意に声をかけられた。

「お、いたいた。おはよ、澤口」

振り向けばそこには、青いワイシャツと黒いジャケットに身を包んだ、茶髪の彼……米田《よねだ》さんの姿があった。

「おはようございます、米田さん」

彼、米田龍二《りゅうじ》さんは私より三つ年上の三十一歳。柳原チーフと同期入社で、同じグループのメンズブランド「ＪＵＳＴ《ジャスト》 ＬＩＫＥ《ライク》 ＴＨＩＳ《ディス》」でチーフを務める先輩だ。タレ目がちの二重と通った鼻筋、高い身長という見た目から、社内でも一位、二位を争うイケメン。それにもかかわらず独身で彼女なしということから、独身女性たちの最後の希望の星といわれている。

お互い、担当するブランドの店舗が同じショッピングモールに入っていることも多いので、一緒に店舗巡回に行くこともたびたびある。

『柳原はキツいから補佐役は大変だろ』となにかと気にかけてくれて頼もしい。ブランドの違いはあれど親しい先輩だ。

一緒にエレベーターに乗ると、オフィスのある十一階のボタンを押しながら米田さんは話す。

「夏物クリアランスセールのポスター、できあがったやつ見たか?」

「あ、まだ見てないです。デスクに行ったら確認します」

「マリンカラーで華やかさがあって、なかなかよかったぞ」

数人が乗るエレベーターの中、そんな他愛のない話の後で、米田さんは「ところで」とニヤリと笑う。

「聞いたぞ、澤口。昨日イケメンに公衆面前プロポーズされたんだって?」

「えっ⁉」

もうそんな噂が広まってるの⁉

今さっき出勤してきた米田さんが知っているということは、噂は昨夜のうちに社内中に回ってしまったのだと察する。

あんな目立つところでプロポーズなんてされたら、そりゃあ噂にもなるだろう。

「ついこの前まで柳原の後をついていくので精いっぱいだったあの澤口も、ついに結婚かー。よし、披露宴でのスピーチは任せとけ」

「結構です。ていうか、しませんから」

「へ? そうなの?」

本気で信じているのだろう。キョトンとする米田さんに、睨みをきかせつつ否定すると、ちょうどエレベーターがポンと音を立て十一階に止まった。

社内の人にそんな噂が広まっているなんて……最悪だ。

それもこれも、あんなところでプロポーズなんてした大倉さんのせいだ。

腹立たしさからズカズカとエレベーターを降り、私は自分のオフィスへと向かった。

が、オフィスのドアを開けたその瞬間。

「澤口！　結婚おめでとー！」

大きな声とともに、パンパンッ！とクラッカーが鳴る。そして目の前には大きな花束が差し出された。

こ、これは……。

見れば目の前には、満面の笑みで私を迎える同じチームの社員たち。さらにほかのチームの子たちや普段違うフロアにいる経理部や総務部の人たちまで集まっている。

「へ……？　あ、あの？」

これはいったいどういうこと？

皆は『サプライズ大成功！』というように、驚く私をわっと取り囲んだ。

「いやぁ、会社でサプライズプロポーズなんて彼氏さんやりますね！」

「ていうかあんなイケメンな彼氏がいたなんて知らなかったよ！　もう、それならそうと言ってよ～！」

昨日の話をすっかり信じ込んでいるようで、皆はわいわいと盛り上がる。

「昨日はいきなりなにかと思ったけど、照れ隠しだったんだね。もう、彼氏いないなんて嘘つかなくてよかったのに」

「あの、柳原チーフ……」

「澤口の結婚うれしいよ。本当におめでとう」

柳原チーフは涙ながらに自分のことのように喜んでくれ、その姿に、そこまで私を思ってくれているなんてと、つい感動してしまう。

――が。待ってほしい。

そもそも私は結婚しないし、大倉さんは彼氏でもない。すべて誤解だ。

「あの、その話なんですけど……」

ところが、結婚話を信じて疑わない満面の笑みの皆と、わざわざ用意された大きな花束を見ると、とてもじゃないけれど言えない。

いや、言わなくちゃいけない。否定しなくちゃいけない。

けど、でも……やっぱり言えない。

「あ……ありがとうございます、あはは」

引きつった笑みで花束を受け取ると、その場は大きな拍手に包まれた。

あぁ、これが本当に恋人にプロポーズされたうえでの出来事だったらとてもうれしいだろう。

みんな、嘘ついてごめん……！

心苦しさに胸を締めつけられながら、私は必死に笑顔をつくった。


それから一日中、私の周りはお祝いムードにあふれていた。

帰宅時間帯のロビーというのが目立ったのだろう。先輩、後輩、上司、部長に次長についには社長、おまけに違うフロアの一度も話したことのない社員や同じビル内の他社社員まで。行き合う人全員に『ご結婚おめでとうございます』の言葉をかけられた。

「……ありえない……」

その対応に心身ともに疲れ果て、仕事を終える頃には私はグッタリと自分のデスクに突っ伏していた。

大倉さんがあんな目立つところで変なことを言うから、すっかり話が広まっているじゃない。

今日一日、私が何度嘘をつき顔を引きつらせたことか！

後から『やっぱり結婚しません』なんて言える雰囲気じゃないし……でも結婚する気もないし。

あぁ、これからどうすればいいのやら。

「はぁ、お先に失礼します……」

今日はもう、残って仕事を片づける体力もない。

そんな思いから力なく言ってバッグを手に席を立つと、ほかの社員からの「お疲れ」という声に送り出された。

もうやってられない、今日はひとり飲んで帰る！

ビールに焼き鳥、たこわさ。焼酎もロックでいってやる。

明日も平日で仕事はあるけれど、飲まずにはいられない！　ヤケ酒だ！

お気に入りの居酒屋のメニューを思い浮かべながらエレベーターに乗り込む。そしてあっという間に一階に着くと、開いたドアからロビーに出た。

「お疲れ」

ところが、そんな私を出迎えたのは今朝と同じ仏頂面。

さも当然という顔で待っていた大倉さんに、私は思わず手にしていたバッグをドサッと床に落としてしまった。

「バッグ落としたぞ、ほら」

「あ……すみません、じゃなくて！」

すかさずバッグを拾ってくれる彼に、我に返った私はそれを奪うように受け取った。

「なんでいるんですか？　今朝、『迎えには来ないでください』って言ったじゃないですか」

「だがそれを了承した覚えはない」

「ぐっ……！」

た、たしかに。けどてっきり了承したものだと思い込んでいたから、今日はもう現れないとばかり思っていた。油断した。

悔しさに顔を引きつらせていると、ふと周囲の視線に気づく。

辺りを見れば、昨日同様何事かとこちらを見る人々や、中にはニヤニヤと笑ううちの社員たちがいた。

あぁ、これはまた明日『昨日も彼氏さんお迎えに来てましたね～』と冷やかされるパターンだ。

少しでも噂にならないようにと、私は早足で建物を出る。もちろん大倉さんも、それに続いて一緒に外へと出た。

けれど、今回は会社の外に車は止められていない。

「車はどうしたんですか？」

「会社に置いて、タクシーで来た。星乃が今朝嫌がっていたからな」

「え……？」

たしかに、今朝私は『目立つから嫌だ』と言ったけど。そのために、わざわざ車を置いてきたの？

素直というか、なんというか。クールそうな見た目とは逆の性格に驚いてしまう。

「それともやっぱり、違う車に買い替えてくるべきだったか？」

「だからそこまではいいですってば！」

ここで『そうですね』なんて言ったら本当にやりかねない。

もう、本当になんなのこの人は。

スタスタと早足で歩く私に対し、彼は長い脚で自然に隣に並んで歩く。

「で？　なんの用ですか？」

冷たい口調で問う私に、彼はなんてことないふうに答える。

「食事でもどうかと思って。どうせ予定もないだろ?」

「なんでそう決めつけるんですか……」

「星乃にもう半年ほど彼氏がいないことも、平日は人との予定を入れず直帰なのも調査済みだ」

調査って⁉

どんな手を使ったのか。知りたいけれど知りたくない気もする。

けど、一緒に食事なんて行こうものなら、うまく丸め込まれてしまうだけ。そう思い顔を背ける。

「あなたと食事なんて行きません。帰ってください」

「そうか。せっかく酒と食事が最高にうまい店を予約しておいたんだけどな」

酒と食事、しかも最高にうまい。その響きに反応するようにお腹が『ぐう』と音を立てる。

それは大倉さんにも聞こえていたらしく、彼はおかしそうに「ふっ」と笑った。

「正直で話が早いのは助かる。行くぞ」

そして、私の腕をそっと掴み、向かう方向へと歩きだす。

行くなんて誰も言ってないんだけど。

けど、『ちょっと行ってみたいかも』と思ってしまったことはたしかだ。だって「最高にうまい」だなんて、気になってしまうに決まってる。

しっかりと手首を掴む少し冷たい指先に、彼の体温の低さを感じた。

「……ていうか、大倉さんのせいで今日大変だったんですよ」

渋々といった足取りで彼についていきながら、私はその顔をじろりと睨む。

「大変？　なにが」

「なにがって、会社中に噂広まってるし、勘違いした皆から祝われるし、すっかり結婚するって話になってるし……どうしてくれるんですか！」

「そうか。公表する手間が省けてよかったな」

よくない！

しれっとした顔で流す彼に、いっそう目をつり上げてキッと睨む。

他人事《ひとごと》だと思って。公表なんてそもそもする必要ないんだから！

そう心の中で叫んでハッと気づく。

「まさか大倉さん、それが目的だったんですか⁉」

そう。わざわざ会社に来てプロポーズなんてしたのは、皆に誤解を与えて周りから固めて、私に断りづらくさせるためだったのかもしれない。

いや、考えすぎかも？　そこまでさすがに姑息な手は……。

「さぁ。どうだかな」

ところが、そう言ってフフンと笑ってみせるその顔から、考えすぎなんかではないと確信した。

絶対そうだ。周りから固める作戦だったんだ。そして案の定、してやられたというわけだ。

話すうちに着いたお店の前で、大倉さんは足を止めた。

大通りから一本入ったところにある、黒い木造の小さなお店。白い暖簾《のれん》がかけられた小料理屋らしいそこは、看板もなく、なんだか高級そうな雰囲気だ。

大倉さんは、ためらいなく引き戸を開けた。

「いらっしゃいませ」

着物を着た女性に出迎えられ、店内を見れば、カウンター席とテーブル席が数席あるだけのあまり大きくないお店だ。

「予約した大倉ですが」

「大倉様ですね、お待ちしておりました。奥のお部屋にどうぞ」

そして通されたのは、奥にある個室。畳が敷かれたひっそりとした座敷席で、私たちは向かい合って腰を下ろした。

「お料理はお伺いしていたお任せコースでご用意しております。お飲み物はどちらになさいますか？」

「ウーロン茶ひとつ。おすすめで持ってきてください」

「焼酎。おすすめで持ってきてください」


どんなものがあるかもわからないし、とりあえずお店にお任せすることにした。どんなお酒でも飲めてしまうし。

「かしこまりました」と部屋を後にする女性に、その場には私と大倉さんのふたりが残された。

「あの、先に予約しておいて、私が本当に行かないって言ったらどうするつもりだったんですか？」

「それは考えてなかったな。澤口さんからも『意外と押しに弱いタイプ』だと聞いていたし。あと酒が好きだということも調査済みだったから、うまい酒の店ならついてくるだろうとも思った」

たしかにそうですけども……！

いとも簡単に見透かされてしまう自分の性格がもはや情けなくて、私はがっくりとうなだれた。

「昨日から思ってたんですけど、どうしてそんなに私のことを知ってるんですか？」

「澤口さんが以前からなにかと星乃の話を聞かせてくれていたからな」

そうだったんだ。知らなかった。

以前から結婚だ孫だと言われるたびに聞き流していた私。このままではいけないと、前々から大倉さんに話をしていたのだろう。

その情報がこんな形で活用されるなんて。

話していると戸が開けられ、女性が飲み物とお通しを運んできた。

「こちら、ウーロン茶と板前おすすめの焼酎でございます」

女性が話しながら、テーブルの上に並べたグラスがふたつ。

私はそのうちの焼酎が入ったほうのグラスを手に取ると、大倉さんと乾杯することなくひと口飲んだ。

「うん、さっぱりしていておいしい」

「はい。鹿児島《かごしま》の老舗蔵元から取り寄せている焼酎で、女性も飲みやすいお味となっております。お食事ととっても合いますよ」

たしかに。香りも強くなくクセもない。女性でも飲みやすいだろう。

話すうちに続いて運ばれてきた懐石料理はあっという間にテーブルに並べられ、綺麗に盛り付けられた天ぷらやお刺身、茶碗蒸しなど華やかな料理でいっぱいになる。

「ごゆっくりどうぞ」

女性が部屋を後にし、ふたたびふたりきりになると、私は早速箸を手にした。

普通の恋人同士だったら、ここで『わぁ、おいしそう』や、『素敵なお料理ね』なんて目で楽しむような会話をしてから食事をするのだろう。けれど、恋人でもなんでもない相手にそんな会話必要なし。私は食べる！

「いただきます」とだけ言って、鱚《きす》の天ぷらをひとつ取る。

サクという軽やかな音を立てて口に含めば、ふっくらした食感と少し甘い天つゆの味が広がった。

「ん！　おいしい！」

思わずそんなひと言を発してしまい、ハッと彼の顔を見る。大倉さんは私の反応が意外だったのか、少し驚いてからおかしそうに笑った。

「そうか。ならよかった」

どこかうれしそうにも見えるその笑顔は、これまでの仏頂面とは少し雰囲気が違い、初めて彼の素の表情を見た気がした。

なんか、そんな表情見せられると調子くるう。

複雑な気持ちで天ぷらを食べ続ける私に、大倉さんもお箸を手にした。

「それで、星乃は俺のなにがそんなに嫌なんだ?」

「別に、大倉さんが嫌なわけじゃないですけど。普通に考えて、知らない人と結婚なんてすんなり受け入れられるわけないじゃないですか」

自分なりに正論を言っているつもりだけれど、彼はいまいち納得できなそうにお皿の上の煮物に箸を伸ばす。

「別に、お互い恋人もいなければ意中の相手もいないんだから不都合なんてないと思うけどな」

「あのですね、そんなに簡単に割り切れるわけないじゃないですか。これから先の人生がかかってるんですよ? それを親の言いなりになって好きでもない人と結婚するなんて、できるわけないじゃないですか」

「結婚すればなんとかなる。生活に困るようなことはさせないし、できる限りのワガママをかなえてやる」

それはたしかに魅力的……じゃなくて!

「ああだこうだ言ってはいるが、星乃はこれまで育ててくれた親を安心させたいとか、孫を見せてあげたいとか思わないのか？　それともまだ大丈夫だと高をくくって、気づけば年を取っていてもいいのか？」

「うっ……」

「十年後二十年後、働けなくなったらどうするつもりだ？　風邪で寝込んだときもひとりで耐えていて虚しくならないのか？」

「あーもう！　うるさい！　やめてください！」

冷静な口調で痛いところをグサグサと容赦なく突いてくる。

たしかに親を安心させてあげたいとは思う。孫だっていつかは見せてあげたい。だけど他人や会社のために結婚なんてしたくない。

けど、親を安心させたいとか孫を見せたいとか、親への気持ちが出てくるということは、大倉さんはそう思っているわけで。意外と親思いなのかな。って、ほだされるな、自分。

「け、けど、今は仕事が忙しいし。まだそんなに焦らなくても……」

「『まだ』なんて、いい年していつまで言っているつもりだ？」

『いい年』、そのひと言がさっきから深く痛いところに刺さる。

悪かったわね、いい年で。『まだ』なんて言い訳がましくて……。あぁもう、もう限界だ、キレた。

その苛つきをぶつけるように、私は手にしていたお箸をダンッとテーブルに叩きつけた。

「わかった、撤回する。仕事云々言い訳なしで、あなたみたいな冷たくてデリカシーのない男とは結婚したくない！　だからこの話は終わり！　以上！」

どうよ、ここまで言えば十分でしょ。

敬語を使うことすら忘れ、はっきりと言いきる。自分に非があるとなればこれ以上は言えないはずと、私は誇らしげに彼の反応を待つ。

「……ほう。優しいほうが好みか」

すると大倉さんは突然立ち上がり、私の隣へひざまずく形で屈む。

そして私の右手をそっと取ると、そのままいたって自然に私の体を畳の上に押し倒した。

「きゃっ……なにするの！」

「かたくななのは結構だが、俺にも譲れない意地がある。言ったはずだ、『うなずかせてみせる』と。そのためなら力づくでもなんでも、どうにかするつもりだよ」

黒い瞳に私を映して、妖艶に微笑む。店内の淡いオレンジ色の照明と相まってその表情がなんとも色っぽく、不覚にも胸はドキリと音を立てた。

って、こんな状況でなにときめいてるの！　単純すぎ！

この男、クールに見えてこういう仕草で女性を落としてきたに違いない。

そうはいかないんだから。私は言いくるめられるような簡単な女じゃない。

だけど、なにを言っても聞いてくれないし、引いてくれない。しぶとい人だ。けど、
このまま力づくでどうにかされるなんてごめんだ。

どうすればいいのやら……あ、そうだ。それなら。

考えた結果、ふと思いついた作戦に、私は押し倒されたまま平然を装い口を開く。

「いいわよ、そこまで言うなら」

「そうか。じゃあ婚姻届に署名を……」

「待って待って！　早い！」

そこまでは言ってない！

私から離れると、鞄を取ろうとする彼に、私は慌てて体を起こしてその腕を引っ張って止める。

ていうか婚姻届持ち歩くのやめてよ……！

「いきなり結婚は無理。だから、恋人期間を設けてお互いを知りましょ」

「恋人期間、か」

「大倉さんも聞いた話ばっかりじゃなくて、自分の目で私を見て判断したほうがいいと思うの。もう敬語も使わないわ」

そう。私の作戦はこう。

恋人期間を設けて、一緒に過ごす時間を増やす。その中で私のだらしない姿や嫌なところを存分に見せつけて、大倉さんのほうから『こんな人と結婚なんて嫌だ』と言わせる。

これなら無事、結婚話もなかったことになるというわけだ。

「ね」とこれまでと打って変わり、にっこりとした笑顔を見せる私に、大倉さんは少しなにかを考えてから納得したようにうなずく。

「あぁ、わかった。いいだろう」

「交渉成立ね。よろしく」

よし、うまくいった。これであとは彼をいかに引き下がらせるかが問題だ。

そう思ってひと安心していると、彼は言葉を続ける。

「恋人同士ということは、なにをされても文句言うなよ」

「へ？」

ん？　なにをされても、って？

その言葉の意味が理解できずキョトンとしていると、大倉さんは再び近づき私の頬に右手を添えて、至近距離でこちらを見つめた。

「お、大倉、さん？」

「恋人なら、なにをしようが自由だからな。遠慮なく攻めさせてもらう」

恋人同士、なにをしようが、その言葉から想像がついてしまう行為に、顔がぼっと赤くなる。

それを見て大倉さんは、私がなにを考えているのか察したのだろう。「ふっ」と笑うと体を起こして、自分の席へと戻った。

なにか言い返してやりたいけれど、言葉が出てこない。

完全にこの人のペースだ。悔しい。

自分なりに名案だと思った作戦。だけど実は、相手の手のひらで転がされているだけなのかもしれない。

だけど、絶対結婚なんてしないんだから。

私は好きな人以外とは結婚しない！

……といっても、そもそも今はまだ、結婚どころか恋愛することすら考えられない。

とにかく自分を見失わないようにしなくては。

自分に気合いを入れるように、私は彼から距離を取ると、グラスの中身をグイッと一気に飲み干した。

恋人から始めよう

『星乃っていつも仕事ばっかりじゃん。それって女としてどうなの?』

『お前は仕事があればそれでいいんだろ。そんな奴と結婚なんて考えられない』

過去に付き合った人たちは、皆そう言って去っていった。

最初は、どうしてだろう、私のなにが悪かったんだろうと、悩んだものだった。

どうして恋と仕事をうまく両立できないんだろう。

どちらも同じくらい大切にしてはいけないんだろうか。

そんなふうに、あれこれと悩み落ち込んだ日々。

時には仕事より彼を優先してみたこともあった。残業をしないで彼の家へ通い、土日は必ず休んで彼と過ごした。

その結果仕事は回りきらず、すべて中途半端になった。

これが私のなりたかった姿なのか。

客観的に自分を見て、なんだかひどく情けなくなり、結局自分から別れてしまったということもあった。

けれどある時、そんな私を、『そのままでいい』と言った人がいた。

『俺はそんな星乃が好きだよ』

そう笑ってくれた彼の言葉は、恋をあきらめかけていた私の心を明るく照らしてくれた。

この人となら、大丈夫。

そう信じきっていたのに、結局は終わりを告げた。幸せだったぶん、胸に深い傷を残して。

そうして私は恋することに臆病になり、いつしか、誰かの体温の温かさも忘れてしまった。


「……ん……」

ぱちと目を覚ますと明るい太陽に照らされる白い天井。

朝だ……今日もだるい。疲れが抜けない、けど起きなくちゃ。だけど抵抗するようにごろんと寝返りを打った。

「起きろ。時間だぞ」

するとベッド脇には、そう言ってこちらを見るスーツ姿の男がひとり。その姿に、

「っ……キャー！　侵入者ー！」

驚いて叫びながら、枕もとのスマートフォンを投げつけると、大倉さんは動じることなくそれをキャッチしてみせる。

だ、誰!?

一瞬で目が覚めた。

「誰が侵入者だ。きちんと合鍵で入ってきた」

「なんだ、ならよかった……ってよくない！　なんで!?　どうして鍵を!?」

「澤口さんから預かったと以前も言ったはずだけど」

あ！　そういえば、前にそんな話をしていたっけ……。

ああもう、あのバカ父！　なにしてくれてるのよ！

今日も質のよさそうなスーツをばっちり着こなした大倉さんは、スマートフォンを近くの棚にそっと置く。

「でもいくら鍵があるからって、朝から寝込みを襲う!?　しかも事前連絡もなく」

「恋人の家だからな。合鍵で入るくらいあたり前だろ」

「はぁ!?　はっ！」

一瞬なにを言っているのかと思って怪訝な顔をしてしまう。けれど、すぐに思い出した。

そうだ、私は先日この男と『恋人から』始めることにしたのだった。

すべては、彼に引き下がらせて結婚話をなかったことにするため。

そのために、私たちはいくつかルールを設けた。
一、一日置きに会うこと。
一、会う日は朝から私を迎えに来ること。
一、お互い極力残業をしないこと。
一、私が仕事を優先しても彼は文句を言わないこと。
まぁ、そんなルールも彼との結婚話がなくなれば関係ないけれど。

それにしても、この時間から迎えに来るどころか、部屋にまで来るとは思わなかった。どれだけ早起きなのよ……。

でも、朝イチのこの油断しきったところに来たのは好都合。普通女子が彼氏には隠しておきたいようなところも見せつけて、ドン引きさせてやるわ。

「もう、朝から来られるの困るんだけど。私まだパジャマだし、スッピンなんだから。ほら、眉毛も半分しかないの」

まずは、よれた寝間着姿を見せつつスッピンも見せる。

半分しかない眉毛、普段はコンシーラーで隠している目もとのクマ、そして寝癖のついたボサボサ頭。この姿を見て引かないわけがない。

なかなか他人には見せられない姿を、恥も捨て見せつける。すると大倉さんは案の定まじまじと私の顔を見つめた。

よし、引きなさい！　そして今すぐ『この話はなかったことに……』って破談にしなさい！

「スッピンだと幼く見えるな。だが目もとにクマができてるぞ。きちんと休養を取るように」

「あ……はい」

彼はそう言いながら、自分の目もとを指す。

幼く見える？　若く見えるってこと？　本当？　ってそうじゃなくて！

なんで引かないの⁉　むしろいたわるなんて、ありえない！

いや、ここであきらめる私じゃない。私にはまだドン引きさせる要素が残っているんだから。

って、自分で言ってて悲しいけれど。

でも結婚話をなくすためなら背に腹は代えられない。

「大倉さん、私身支度したいから隣のリビングで待っててくれる？」

「あぁ、わかった」

「ちょっと散らかってて恥ずかしいけど、気にしないでね」

にこっと笑って隣の部屋へ彼を促す。すると大倉さんはなんの疑いもなく、寝室から隣のリビングへと行った。

ふふ……『ちょっと』なんて言ったけれど、実はそれどころじゃない。

そう。普段は仕事ばかりで片づける余裕のない私の部屋は、大荒れだ。とくに生活の中心となるリビングは、正直言って女の部屋とは思えないレベル。

実際、部屋を見て引かれて疎遠になった元彼がいたっけ。

あの色気のない部屋を見れば、さすがの大倉さんだって。

ついニヤリとしてしまい、ベッドから下り私もリビングへと向かう。

どんな顔をしているだろうかとドアから部屋を覗き込めば、服やタオル、本や雑誌など様々なものが散らかった部屋を目の前にして立つ大倉さんのうしろ姿。

やっぱり、引いてる引いてる。

「大倉さん、どうかした？」

わざとらしく尋ねた、その時。大倉さんはジャケットの胸ポケットから黒いスマートフォンを取り出し、どこかへ電話をかけ始める。

「どうも、大倉です。今日大丈夫ですか？　いえ、うちではなくて今から言う住所で。なかなか根気がいりそうな部屋なので、二名くらいで来ていただいたほうがいいかと」

ん？　なんの電話だろう。

耳を傾けていると、彼はどこで調べたのか、この部屋の住所を口にする。

「ええ、代金はいつもの口座から引き落としてください。はい、では」

手短に電話を終えた大倉さんに、つい声をかける。

「あ……あの、なんの電話？」

「ん？　あぁ、ハウスキーパーにこの部屋の掃除を頼んだ。俺も月一で利用してる、信用できる業者だ」

「はぁ!?」

ハウスキーパー!?

そういえば、この前もそんなことを言っていたっけ。

「仕事が忙しければ部屋が汚くなるのもしかたないだろ。こういうときは業者を頼るのが一番効率がいい」

そう言うと、大倉さんは私の頭をぽんとなでた。

な、な、なんで……。

なんでそんなに心が広いの⁉　なんでも受け入れてのみ込んじゃうの？　ブラックホールなの？

私が大倉さんの立場だったらドン引きする。絶対する。

そんな部屋を見たにもかかわらず、相変わらず冷静な彼に、どう反論しようか悩む。

すると彼は、私を見てふっと笑った。

「残念だったな、これくらいで引く男じゃなくて」

なっ！

それはつまり、私が引かせようとしていたことをわかっていたということ。

わかっていたから、スッピンにも汚い部屋にも動じなかったんだ……！

悔しい。けど、今日のところは完敗だ。彼の嫌みな笑顔にがっくりと肩を落とす。

なす術もなく、支度を終えた私は今日も大倉さんの車で会社の前へと向かう。

これはまずい、ほかになにか手段を考えないと……。

そう悩む私をよそに、彼は車を止めるとすばやく降り、いつものようにこちら側のドアをそっと開けてくれる。

「じゃあ、今夜もまた迎えに来る」

「来なくていい、って言ってもどうせ来るんでしょ」

「もちろん」

堂々と肯定されると、少しイラッとしてしまう。

……けど。私は車を降りると、小さく口を開く。

「……送ってくれて、ありがとう」

ぼそっとつぶやいたひと言に大倉さんは、不思議そうな顔をしてこちらを見た。

「この前、言い忘れたままだったから」

この前から、言いそびれたままだった言葉。ずっと言わずにいるのは、なんだか気持ちが悪いから。

そんな気持ちでつぶやいた私に、彼の顔はそっと微笑む。

「今日もがんばれ、星乃」

そう言って大倉さんは、私の頬にちゅっと軽いキスをした。

一瞬頬に触れただけの、挨拶のようなもの。けれど、突然、しかもこんな公共の場で頬にキスなどされたことがなく、恥ずかしさに耳まで熱くなる。

「なっ、ななな⁉」

「恋人にいってらっしゃいのキスくらい普通だろ？」

いきなりなにをするの！

言葉にならない驚きや照れを表すように、つい彼を引っぱたこうと手を振り上げ、勢いよく下ろす。

けれど大倉さんはそれをあざやかにかわすと、運転席へと回り車に乗り込んだ。

一部始終を見ていたらしい周囲の人々の好奇の視線にさらされる、そんな私をその場に残して、彼は去っていった。

あの男……会社の前で頬にキスする社会人がどこにいる！

恋人という立場になったせいか、余計大倉さんの手のひらの上で転がされている気がする……。

あぁ、周囲にいっそう誤解されるかと思うと頭が痛い。

深いため息をひとつついて、私は建物へ入る。

そういえば、いい加減お父さんに電話つながるかな。

大倉さんが現れてから一回も電話つながらないんだよね。けどお父さんのことだ、もうすっかり忘れて電話に出るかもしれない。

バッグからスマートフォンを取り出し、お父さんの番号へ電話をかける。

少しの呼び出し音の後、つながったので、私はロビーの端で足を止めた。

『もしもし、星乃か？　朝からどうしたんだ？』

「どうしたもこうしたもない！　アホ父！」

『へ⁉』

やはり、大倉さんの件などすっかり忘れていたのだろう。

開口一番怒鳴りつける私に、電話の向こうの父が目を丸くして驚いているのを想像しながら、言葉を続ける。

「なんで見ず知らずの人と結婚なんてしなくちゃいけないの！」

『あぁ、佑のことか！　見ず知らずなんてひどいなぁ。父さんは佑を六歳の頃から知ってるし、お前だって一度会ったことあるんだぞ？』

「そんなの知らないし覚えてない！」

そんなの、子供の頃の話じゃない。しかもいっさい記憶にないし。

『お得意様の、しかも大企業の社長で、しっかりしていて誠実。佑になら会社も任せられる！　あんないい男と結婚できるなんて幸せだな、星乃！』

幸せって……どの口で言ってるんだか。

電話の向こうで『はっはっは！』と笑うお父さんに、イラッとした気持ちが込み上げる。

「お父さんがなんて言おうと結婚なんて絶対しないから！　お父さんからも断っておいて！」

声を荒らげて言うと、ブチッと勢いよく通話を終了させる。

もう、本当にあの人は……他人事だと思って。

「おー、今日も朝から元気だな」

息荒くバッグにスマートフォンをしまっていると、背後から声をかけられた。

振り向けばそこには、ネイビーのジャケットをカジュアルに着こなした米田さんがいた。

「米田さん。おはようございます」

それまでの私の電話でのやりとりを見ていたらしい。あきらかに疲れているだろう私の顔に、彼は苦笑いを見せる。

「そういえば、さっきの見たぞ。なんだあれ、超ラブラブじゃん」

『さっきの』というのは、私と大倉さんの頬へのキスシーンだろう。

あぁ、これでまた余計に噂が広がる。完全に弁明できなくなった。

あきらめるようにエレベーターに乗る私に、米田さんも続いて乗り込む。

大倉さんはどうやったら引いてくれるのか……。そうだ、こういうことは男の人のほうがわかるかもしれない。

「あの、米田さんの嫌いなタイプの女性ってどんな人ですか？」

「へ？　嫌いなタイプ？　好きなタイプじゃなくて？」

「はい、嫌いなタイプ。男はこんな女性が苦手とか、嫌いになるとか」

モテる米田さんは、好きなタイプは聞かれたことがあっても嫌いなタイプはあまり聞かれないのだろう。難しそうに「うーん」と考え込む。

「苦手なのはやっぱり理不尽でワガママな人だな。昔の彼女が『私を好きなら好みを知ってて当然でしょ、察してよ』って感じでさ」

「米田さん、モテるのになんでそんな女に……」

かっこよくて優しくて、それなのに現在独身で彼女なしという理由が、少しわかったような気がした。

けれど、ふと気づく。

そっか、それなら私も大倉さんにワガママを突きつけてみよう。

今夜も迎えに来るって言ってたし、よし。

以前念のため連絡先を交換したことを思い出し、私は再度スマートフォンを取り出して彼へメッセージを送る。

【今夜の食事は私が満足できるお店を探しておくこと。私が満足できなければ結婚の話はなし！】

なんとも一方的で偉そうな文面。

だけどこれなら、さすがの大倉さんも参ったと音を上げるだろう。

「おい澤口、今お前すごい意地悪い顔してるぞ……」

思わず米田さんも突っ込んでしまうほどニヤリと笑みを浮かべていると、すぐにメッセージの返信はきた。

【了解】

絵文字も顔文字もない、飾る言葉すらもない簡潔な返事。

だけど今頃、焦っているのか苛立っているのか。

私がどんなふうに見られようと、うんざりして破談にしてくれればこっちのもの！

ポンと音を立て止まったエレベーターから降りると、私はその怪しい笑みのままオフィスへと向かった。

そもそも、大倉さんはどうしてあんなに私との結婚にこだわるの？

あの見た目で有名企業の社長となれば、女性だってよりどりみどりだろう。いくらお父さんの会社をグループに入れたいからって、こんなだらしない女と結婚しようなんて思う？

そういえばお父さんはさっき『六歳の頃から』って言っていたっけ。

ということはお父さんと大倉さんの親との関係性も理由のひとつかも。たとえば、自分の親からも結婚を強いられていて断れないとか。

大企業の社長ともなればそういう事情もあるのかもしれない。

けど、それと私は別だ。遠慮なく断らせてもらう。

……結婚なんかしても、どうせ家庭と仕事の両立なんてできない。

これまで何度も、恋人より仕事を選んできたような人間だ。形だけの結婚なんてしてみても、どうせすぐダメになる。

そのたびに責められたり、『やっぱり』と自己嫌悪に陥ったり、好きなはずの仕事が憎く思えたりするのは、もう嫌だ。

「柳原チーフ、澤口さん、秋冬商品のデザイン上がってきたので確認お願いします」

今朝のことなど記憶の片隅に無理やり追い込み、仕事に取りかかる。

するとデザインチームのリーダーである社員から渡されたのは、来シーズンの秋冬物のデザイン画だった。

柳原チーフと覗き込む用紙に描かれるのは、ボルドーやテラコッタ、モスグリーンなど、秋ならではのアクセントカラーを中心にしたコーディネート。上品だけど日常使いのできるスタイリングで、もちろん値段も抑えめだ。

「うん、やっぱりいいね。澤口、現物が上がってくる時期に合わせて撮影スケジュール組んでおいて」

「はい、わかりました」

話しながら、この商品たちが店頭に並ぶことを想像する。

まだ暑さが残る夏の終わり頃から、早くも秋の色に染まり始める店内。まだ早いかなと思いながらも、明るめな秋色に早くも手は伸びてしまうだろう。

この色をどう取り入れようか、この服をどう着こなそうか、そう迷い想像を膨らませるときのワクワク感。そのお客さんの気持ちを思うと、こちらもつられてワクワクしてくる。

商品戦略チームとデザインチームが、様々な調査とトレンドから生み出した商品たち。それをお客様に届ける店舗スタッフ。

たくさんの人の努力や思いが、服一枚一枚に詰まっているんだ。

だから私をはじめ店舗運営チームは、それをよりよい形で販売していかなくてはいけない。

それは簡単なことではない。けれど、届いたときの作り手のうれしさとお客様の満足感に胸はキラキラとした感情であふれるから。

だから、私はこの仕事が好きでたまらない。

「ほら澤口、ミーティング入るよ」

「あっ、はーい！　今行きます！」

柳原チーフの声に、私は慌ただしく席を立った。


今日も一日、バタバタとしているうちに定時を迎えてしまった。

明日は定例会議だ。先月の売上と今月の売上推移、まとめておかなくちゃ。

バサバサと書類を探しながらパソコンのページを開き、まだあがるつもりもなく仕事を続けようとした、その時。

オフィスのドアがガチャリと開き、女性社員が顔を出し私を見つけた。

「あっ、澤口さん。お迎えいらっしゃってますよ」

「へ？」

お迎え？　って、なにが？

一瞬考えてから、ハッと気づく。

そういえば、夜も迎えに来るって言っていた。ということは、大倉さんだ。

少しの残業もさせないってことか。またわざわざロビーまで来て待っているんだろうな。せめて駅で待ち合わせとかにしてくれないだろうか。

そう考えながら、残りの仕事は明日の朝やろうと終了させ、荷物をまとめてオフィスを出た。

エレベーターから降りてロビーに出ると、そこで今日も女性たちの視線の真ん中にいたのはやはり大倉さん。

彼はすかさず私を見つけると、「星乃」と手を小さく上げ挨拶をしてみせた。

「お疲れ」

「ずいぶんとお早いお迎えで……社長って暇なのかしら」

「暇じゃないが多少は融通がきく。星乃を優先して早く仕事を切り上げてきたんだ」

そうですか……うらやましい限りで。一日の仕事を終えたにもかかわらず、その顔はすっきりとしており疲れは見えない。

「あと、会社まで迎えに来るのやっぱりやめない？　せめてどこかで待ち合わせとか」

「俺が来なければ、残業だなんだと仕事をするだろ。しかたないときもあるかもしれないが、日頃から働きすぎはよくない」

う……たしかに。

つい先ほども、少し残ろうとしていたことを思い出し、耳が痛い。

話しながら建物を出ると、また車を会社に置いてきたらしく、大倉さんは私と並んでオフィス街を歩いた。

背の高い彼は私のペースに合わせるようにして歩く。ちらと見上げれば、真っ直ぐ前を見て歩くその横顔は綺麗だ。

やっぱりかっこいい顔してるなぁ。なのに恋人もいないで、会社のために結婚なんてありえないでしょ。もったいなさすぎるでしょ。

「星乃。見すぎだ」

「あ！」

ついまじまじと見てしまった！

こちらに目を向けなくても感じるほど、よほど強い視線だったのだろう。慌てて顔を背けた私に、今度は大倉さんがこちらを見る。

そしてなにかに気づいたように前に視線を留めると、こちらへ手を伸ばした。

不意にぐいっと肩を掴まれ、体を抱き寄せられる。それとほぼ同時に、横を自転車が通り過ぎていった。

「大丈夫か？　かすったりしてないか？」

「う、うん」

びっくりした。

自転車に、じゃなくて、突然近づいた距離に。

ただ避《よ》けさせてくれただけなのだろう。けれど、肩を掴んだ大きな手と力強さに、今になって心臓がばくばくと音を立て始めた。

って、少し触れただけじゃない！　しっかりしてよ、自分！

平静を保つべく、慌てて彼から体を離すとゴホンと咳払いをひとつする。

「ところで、私が満足できるようなお店は見つけられたの？」

思い出したように切り出した話題。そう、それは今朝私が彼に振った難題についてだ。

「あぁ、もちろん」

けれど彼は、頼りない声のひとつも出さずにはっきりとうなずく。

「本当ね？　満足できなかったら本当に結婚の話はなしだからね？」

「わかってるって」

念押しするように尋ねるけれど、彼はやはり堂々としている。

やけに自信があるようだけど、いつまで冷静でいられることか。

いくらお父さんから私についての話を聞いているとはいえ、お店の好みまでは把握できるわけがない。

勝った！と心の中でガッツポーズを決めていると、しばらく歩いて大倉さんは足を止めた。

目の前にはいたって普通の小さなビル。飲食店がいくつか入っているらしいその建物の、地下へ続く階段を下る。

下ったところにあったのは『dining《ダイニング》　bar《バー》　AQUA《アクア》』と書かれた看板。

ダイニングバー、ということはおしゃれな雰囲気のお店って感じかな。そうイメージを膨らませながら、彼が開けたドアからお店へ入った。

するとそこには、薄暗い店内を照らす青い明かり。それは壁一面の大きな水槽で、その中には黄色やピンクなど色とりどりの小さな魚が泳いでいる。

まるで水族館のような素敵な店内に、自然と「わぁ」と声が漏れた。

「すごい、綺麗」

「アクアリウムダイニングバーだ」

　そう言って大倉さんは「予約しておいた大倉ですが」と名乗る。

　店員さんに通されたのは奥にあった個室。四人掛けのテーブルがひとつある。広くはない個室にも壁に水槽が埋め込まれており、中には赤い金魚がゆらゆらと泳いでいる。

　今朝の連絡からお店を探して予約まで……やっぱりデキる人だ。しかもアクアリウムというチョイスがまた絶妙に好みだ。

　席に着きながら青く照らされる水槽内を見ると、金魚数匹がのびのびと泳ぐ姿は、まるでファッションショーのようだ。それぞれが、赤いドレスの美しさを見せ合っているように見える。

　綺麗、かわいい。

　そう思うと同時に、昔実家にも大きな水槽があったことを思い出した。

　子供の頃、私が誕生日にほしいってダダをこねて、大きな水槽と熱帯魚を数匹買ってもらったんだよね。

　その魚がかわいくて、大好きで、とても大切に育てていた。

私が高校生になる頃には皆死んでしまい、以来魚を飼うことはできていないけれど。

そんなことを思い返し、懐かしさと、やっぱり魚が好きだという気持ちを思い出す。

「満足してもらえたみたいだな」

そんな中、大倉さんからかけられた言葉に私はハッと我に返った。

そうだ、私の目的は店を気に入らないことを理由に結婚話を断ることだった。

……けれど、それは『不満だったら』の話。

私が不満に感じていない、それどころかむしろ喜んでいるということは、顔を見ればあきらかだったのだろう。大倉さんは自信ありげにふっと笑う。

「ってことは、結婚の話はまだ継続だな」

「ま、まだ！　いくら内装がよくても食事が口に合わなければ……」

話していると、先ほど案内してくれた店員さんが早速グラスをふたつ運んできた。

「失礼いたします。お飲み物をお持ちいたしました」

「え？　飲み物はまだ……」

「ご予約の際、大倉様から『彼女のイメージに合わせてオリジナルカクテルを作ってほしい』とご要望をいただきまして。お伺いしたイメージで、お作りいたしました」

店員さんがそっと私の前に置いたグラスには、ミントグリーンと白が混じった、かわいらしいカクテルが注がれている。

「私の、イメージ……？」

驚きながらも小さくひと口飲んでみる。

するとミントの少しの苦味と爽やかな香りが広がる中に、ほんのりとした甘さがあり、後味のよさを感じさせた。

「おいしい……」

「ありがとうございます。『気が強くサバサバしている中にかわいらしさがある』というイメージでしたので。ミントリキュールとホワイトカカオをミックスした中に生クリームを入れてみました」

店員さんはにこにことしながら説明してくれると、「お食事のご注文がお決まりになりましたらお呼びください」と個室を後にした。

私のイメージで、カクテルまで用意してくれていたなんて。

きっと、おいしいと感じられたのは味だけが理由ではないと思う。

自分のためにここまでしてくれた、考えてくれた。そんな大倉さんの気持ちも、あるのだろう。

こういう手で女性を落としているのだと思うと、ほだされる自分が悔しいけれど。

でも、うれしいという気持ちは事実だ。

「……気が強い、は余計よ」

「だが、満足してもらえたようでなによりだ」

そう言ってウーロン茶を飲む彼に、またはっとさせられる。

なにをどうしても、大倉さんのほうが常に一枚上手《うわて》だ。悔しいけれどそれ以上反論する言葉が見つけられず、私は黙ってまたカクテルをひと口飲んだ。

「どうしてこのお店を選んだの？」

「星乃の好みを考えたときに、そういえば昔澤口さんの家に行ったときに魚を飼っていたのを見たことを思い出した。その時澤口さんが『星乃が大切に育ててるんだ』って言っててな」

ということは、もう軽く二十年は前のこと。たったそれだけのことを、今でも覚えているなんて。驚いてしまう。

「大倉さんはずいぶん記憶力がいいのね」

「星乃に関することだけはな」

……またそういうこと言って。特別感のある言い方をすれば女は落ちるとでも思っているのだろう。そうはいかないんだから。

ほんの少し感じたうれしさを流し込むようにカクテルを飲む。

「さて、なに食べる？　安心しろ、この店は魚料理はないぞ」

「え？　私魚食べられるけど？」

なんの話？と首をかしげる私に、彼も不思議そうに首をかしげる。

「そうなのか？　子供の頃『かわいいお魚さんを食べるなんてかわいそう』と大泣きして魚料理を嫌がったと、以前澤口さんから聞いたんだが」

「わー！　やめてよそんな子供の頃の話！」

子供の頃のなんとも恥ずかしい話を思い出したくなくて、私は聞こえないように耳を塞ぐ。

そんな私を笑うように、大倉さんは黒い表紙のメニュー表を取り出し、こちらへ差し出してくれた。

「でも私、品川にこんなお店があるなんて知らなかった。大倉さんよく知ってたね」

「俺も今日初めて知った。探してみるものだな」

彼がなにげなく言ったそのひと言が少し気になった。

「って……わざわざ探したの？」

「そりゃあな。しゃれた店なんて知らないから、あらゆるツテと検索をフル活用した」

ということは、人に聞いたりネットで検索をかけたりした、ということ？　その冷静な雰囲気から、なんでも知り尽くしていてスマートにこなすイメージだったけに少し意外だ。

案外、普通の人なんだと安心してしまい、ついクスッと笑ってしまった。

「そんなふうに笑えるんだな」

彼も私の反応が意外だったのだろう。少し驚いた様子で言う。

「悪かったわね。いつもツンケンした態度ばっかりで」

「別に悪くはない。どうにか俺を引かせてやろうとがんばる姿はかわいいと思うしな」

「なっ！」

今朝のことはもちろん、レストランに関する無茶ぶりもわざとだと気づかれていたのはわかっていた。けれど、それをわざわざ口に出されると、自分の幼稚さが身に染みて恥ずかしくなった。

頬を赤らめる私に対し、彼は不意に真剣な顔でこちらを見る。

「率直に聞く。俺じゃ不満か？」

冗談ではない、本気で問うその真っ直ぐな目に、私は息を深く吐き、落ち着いて向き合った。

「……そういうわけじゃ、ない」

「じゃあなにが悪い？」

「なにがって……結婚は好きな人としたいって言ったでしょ。それに今はまだ仕事で手いっぱいだし」

結婚を断ってはいるけれど、それは彼自身になにか欠点や落ち度があるからというわけではない。

たしかに先日のデリカシーのない言い方はムカついたけれど、こうして無茶ぶりにも応えてくれるあたり、彼は彼で本気なのだろうし。

言ってしまえば、問題は〝私自身〟にある。

仕事と、また繰り返し口にする私に、大倉さんは眉ひとつ動かさず言う。

「星乃は、相当仕事が好きなんだな」

「もちろん。まだ失敗も多いし、叱られることもたくさんあるけど、でもすごくやりがいを感じてる。まぁ、そのおかげで彼氏ともロクに続かずにこの年になっちゃったんだけどさ」

自虐的に言って苦笑いをこぼす。すると、大倉さんは不意に手を伸ばし、私の頭をポンポンとなでた。

「そんな言い方せずに、胸を張れ」

「な、なによ」

胸を……？

そんなことを言うなんて少し意外で、意味を問うように大倉さんを見た。

「自分の好きなことを仕事にできる人は多くない。その中でやりがいを見つけられるのは、すごいことだ。だから、それを優先するのもしかたのないことだ」

水槽の青いライトが彼の肌を照らす。ふたりを包む青色と、微かにＢＧＭが流れるだけのこの場の静けさが、まるでふたりきりで水の中にいるような錯覚にさせた。

そんな不思議な空気のせいだろうか。彼の言葉はじんわりと、この心に染みた。

しかたのない、こと……。

仕事のことや私のことを否定したりせず、肯定してくれた。すごいことだって、褒めて受け入れてくれる。その言葉がこんなにもうれしく、心を温かくしてくれる。

……だけど、そんな綺麗ごとを口にするのは、きっと今だけ。

あの人と同じように、肯定して優しくして、どうせ裏切るんだろう。

そう思うと、やっぱり怖い。

胸の中の不安をこらえるように、膝の上でこぶしをぎゅっと握った。

するとその時。

「星乃」

「え？」

不意に呼ばれた名前に顔を上げると、目の前の大倉さんは水槽をちょんちょんと指さす。

なに？とその指先を見れば、彼の指の動きに合わせて、水槽の中の金魚がゆらりゆらりと泳いでいた。

赤いヒレをなびかせながら、彼の細い指先を追いかけ泳ぐ。ときに円を描くように、ときに左右を往復するように。

人懐こい金魚と、仏頂面で金魚と遊ぶ大倉さん。どちらもかわいらしくて、私はつい「ふふ」と笑ってしまった。

「すごい、大倉さんその金魚に好かれてるのね」

「金魚に好かれてもな」

うれしいようなそうでもないような、複雑な顔を見せる彼が余計おかしくてさらに笑ってしまう。

そんな私の表情を見て、大倉さんは安心したように小さく笑う。

「よかった、元気が出て」

「え？」

「今一瞬、落ち込んだように見えたから」

さっきの私のたった一瞬の表情に、なにかを察して、その上で元気づけようとしてくれたの……？

大倉さんって、本当によく見ているというか、なんというか。

一瞬の気持ちひとつも見逃してくれないから、困る。

「……そんな優しい言葉かけても無駄よ。私、結婚なんてしないから」

「そうか、それは残念だな」

そう言葉にしながらも、彼は残念そうなそぶりは見せず、ふっと笑みをこぼした。

何度顔を合わせても、本心ではなにを考えているのかまったくわからない人。

その余裕の瞳にすべて見透かされているようで、どうもペースがくるってしまう。

だけど、きっといい人なんだろうってことだけはわかった。

『今一瞬、落ち込んだように見えたから』

胸にキュンとくる優しい言葉。そんな、あの人と同じような言葉に、胸には不安が込み上げる。

だけど、どこかほんの少しだけ、小さなときめきを感じて。

距離は少しずつ

四月になり、オフィスの窓から見える遠くの公園の桜は満開だ。

暖かな日、青空の下に揺れるピンク色の桜。

新年度、新生活。みんなが心躍る季節……だが。

「販促用POPがまだ店舗に届いてないって！　澤口さんなにか聞いてます⁉」

「あっ、はい！　さっき連絡がきて、梱包ミスで出荷遅れてるそうです！　各店に遅れる旨メールお願いします！」

「ちょっと、店舗から不良品のクレームきてるよ。澤口対応頼むわー」

「えぇ⁉」

今日も私がいるオフィスは、ドタバタと慌ただしい。

そう。天気がよかろうと桜が咲こうと関係なく、仕事に追われている。ましてやうちのブランドは、今年は新入社員もおらず、新鮮さのかけらもないのだ。

「はー……疲れた」

正午過ぎ、ようやく仕事が一段落つき、力尽きた私はぐったりとデスクに突っ伏していた。

「澤口、お疲れさま。はいコーヒー」

その声に顔を上げれば、コーヒーの入ったカップをふたつ手にした柳原チーフの姿。先ほどまでのオフィス内のバタバタを見ていたのだろう。私の疲れきった顔を見て苦笑いをこぼした。

「すみません、ありがとうございます……」

力なく返事をすると、体を起こし、コーヒーを受け取った。

オフィスのコーヒーマシンでいれた、濃いめのコーヒー。そこに砂糖とミルクを少しだけ入れて飲めば、ほっと体が安らぐのを感じた。

「おいしい～、癒やされる」

「だよねぇ。疲れたときは濃いめのホットコーヒーが一番」

気の抜けた声を出す私に、柳原チーフもコーヒーをひと口飲むと、表情を緩めて言った。

柳原チーフ、仕事中は厳しいことも言うし怖いけど、こうして疲れてるときはいたわってくれるいい先輩なんだよね……。チーフとしてみんなから信頼される理由がわかる。

しみじみと優しさを感じながらコーヒーを飲み続けていると、柳原チーフは「それにしても」と話題を切り出す。

「澤口、最近やたらとバタバタしてると思ったら、仕事がハイペースだよね。前だったら余裕持って進めながら、終わらなかったら残業してって感じだったのに」

「あー……はい、最近は、ちょっと」

「あ、そっか。愛しの彼氏とデートがあるから残業なんてしてられないもんねぇ」

冷やかすように言うと、うふふといやらしく笑う。

愛しの彼……ねぇ。

その響きにもう否定しようとするのはあきらめて、私は苦笑いをこぼした。

大倉さんと出会ってから、一週間ちょっと。彼は本当に一日置きに会いに来て、朝は私を会社まで送り、夜は迎えに来て夕食をという生活を送っている。

何度目かになると、このビル内の人も大倉さんを見慣れてきたようで、エントランスの受付嬢は彼が来ると、『澤口さんにお迎えです』と電話をかけてくるくらいだ。

ていうか、仕事して一日置きに会いに来てってよく体が持つなぁ。

しかも夜に連れていってくれるのは、いつも凝った店ばかり。お店探しもひと苦労だろう。

……けど、悪い人じゃないということを知ってしまってから、なんだか最初ほど強く拒めない。

思えば、私のことや仕事のことを否定するような言い方をしたこと、一度もないんだよね。

心が広いのか、結婚するためにはしかたないと言い聞かせているだけなのか。

どちらにせよ、いつも彼の手のひらの上なのが悔しい。

「そういえば、澤口の彼氏ってどんな人なの？」

「へ？」

どんな人？

柳原チーフからの唐突な質問の意味がわからず、カップ片手に首をかしげる。

「どんな仕事をしてて、どんな食べ物が好きで、趣味とか特技とか、性格とか。いろいろあるじゃない？　そういうのまだ聞いてなかったなーって思って」

仕事、好み、生活……。

それなりに会う回数は重ねているし、普通ならそこそこ答えられるはずの話題。

けれど、えーと、と考えてみても答えが浮かんでこない。

「どんな人、なんだろ……」

「えー？　またまたぁ、とぼけないでよ。恥ずかしいのはわかるけどさ」

柳原さんは私が照れていると思い込んでいるようで、からかうように笑うけれど、やはり答えは出ない。

言われてみれば私は、大倉さんのことをなにも知らない。

一見不愛想だが、悪い人ではない。お父さんと子供の頃からの知り合いで、オオクラ自動車の社長というくらいまでしかわからない。

結婚なんてしないのひと言で突っぱねて、彼のこと、理解しようともしなかったし。

……別に知る必要なんてないもの。

下手に彼を知るほうが、断りづらくなってしまう気もする。

「けど、そんな澤口のことを彼氏は大好きなんだもんねぇ」

「え？」

「だって、しょっちゅう朝晩送り迎えして、デートのプランまで毎回決めてくれてるんでしょ？　そんなの、愛がないとできないって。あーあ、うらやましい！」

愛……。

その言葉に少しときめきそうになってしまうけれど、いや違うとすぐ心の中で否定する。

大倉さんの中にあるのは愛じゃない。会社のことだけだ。勘違いするな、私。

「あっ、柳原チーフ！　大変です、システムエラー発生で各店からクレームきてます！」

「えぇ⁉　本当⁉　ちょっと、澤口、状況確認！　大至急！」

「あっ、はいっ！」

話の途中、オフィスに駆け込んできた社員の声に、私は慌ただしく仕事に引き戻された。

そう。大倉さんが私にあれこれするのも、優しいことを言うのも、愛情なんかではない。……けどそれでも、たしかにそこまでしてくれているのだから、少しくらいは私も向き合うべきなのかもしれない。

彼がどんな人なのか、ほんの少しくらいは知っていきたいと思う。


その日の定時、十八時。私はいつも以上にぐったりとした顔でオフィスを後にした。

あぁ……今日はいつもより疲れた。

普段なら店舗のパソコンから商品在庫数や情報が見られるようになっている。ところがそのサーバーがエラーを起こして見られなくなったことに、店舗スタッフからはクレームが相次いだのだった。

システム関係はシステム課にクレームつけてよ……。

そうは思いつつも、丁寧にスタッフに謝ってフォローを入れたけれど。

疲れてはぁとため息をつきエレベーターに乗ると、私より先に乗っていた米田さんがいた。

「おー、澤口……お疲れ」

米田さんのブランドも同じ状況で大騒ぎだったのだろう。整ったその顔も疲労困ぱいだ。

「いやー……今日のシステムエラーはまいったな」

「本当……店舗から『在庫確認ができない！　資料も見れない！』ってクレームすごかったですよ」

お互いの苦労を分かち合いながら、「1」のボタンを押すと、エレベーターは下っていく。

「けどお前はこれからデートだしいいよな。俺なんてひとり寂しく帰るだけだぞ」

「米田さんほどの人なら飲む相手くらいすぐ見つかるじゃないですか」

「じゃあ、たまには澤口が付き合えよ」

そう言って、米田さんは私の横の壁に手をつく。

その時、タイミングよくエレベーターが一階に到着してドアが開いた。

そこにはちょうどうちの会社の女の子たちが、このまま食事にでも行くのか集まっている。

「おーいみんなー、米田さんがごはん連れていってくれるってー」

声をかけると、彼女たちからは「え!?」とうれしそうな声が、そして米田さんからは「は!?」と驚きの声が聞こえた。

「本当ですか!?　やった、米田さんとごはん〜！」

「いや、ちょっと待て、俺はだな……」

あっという間に群がる彼女たちに、身動きがとれなくなる米田さん。

そんな光景を横目で見ながら、私はスタスタとその場を去っていった。

付き合えよ、なんて言われても大倉さんが今日も待ち構えているのに、行けるわけがない。

米田さんもあんなにモテるんだから、私なんかを誘わずに彼女つくればいいのに。

そう思いながら歩いていると、ちょうど目の前からは電話をしながらエントランスに入ってきた大倉さんの姿。

今日は珍しく少し遅れて着いたようだ。といっても、私の定時に合わせてここに来ている時点で、だいぶ急いで来ているのだとは思うけれど。

大倉さんの流暢な英語に、相手は外国人、仕事関係の人だろうと察する。

ああしていると社長っぽいなぁ。どうしよう、電話を終える頃まで少し時間を置こうか。

そう考えながら彼の様子をうかがっていると、大倉さんは私の視線に気づいたようにこちらを見た。そして小さく笑って話すと、電話を切った。

「悪い、待たせた」

「ううん、平気。仕事の電話？」

「あぁ。海外の仕事相手でな」

話しながらスマートフォンをジャケットのポケットにしまう。

「英語ペラペラなのね。すごい」

「仕事柄、海外出張も多いから、まぁそれなりに」

短い会話を交わして、建物を出た私たちは、近くに止めてあった車に乗る。

彼の高そうな車に乗ることにはやはりまだ慣れなくて、汚さぬように、傷をつけぬように、細心の注意を払って乗った。

「星乃は今日はあがるの早かったな」

「日中システムエラーでバタバタしてて。疲れたから定時ですぐあがったの」

大倉さんは、最近会うとこんな感じで、私のその日の出来事などをなにげなく聞き出す。

私はいつも聞かれることに答えるばかり。これもまた、彼のことを知らないままでいる理由のひとつだ。

そんな会話をしながら少し車を走らせて、目的地に着くと大倉さんはパーキングに車を止める。

「ここは？」

「こっちだ」

いつものように、レストランへ向かうのとは少し違う。

提灯《ちょうちん》が続く大きな道から一本入り、連れられるがままにレンガで舗装された小道を歩いていくと、目の前に広がるのは一面ピンク色の景色。

それは満開の桜の木々で、立派な池を囲むように桜が咲くそこは、花見の名所として都内でも有名な公園だった。

池の水面に浮かぶ花びら一枚一枚まで美しくライトアップされる中、平日の夜にもかかわらずたくさんの花見客で賑わっていた。

「すごい、綺麗……」

「たまにはいいだろ？　七時に近くのレストランを予約してあるから、それまで少しゆっくりしよう」

つまり、お花見デートということ。

大倉さんがそう言って向かう先にあるのは、大きな池の端にあるボート乗り場。

「ボート？」

「あぁ。ここの公園、ボートに乗って花見ができるんだ。疲れてるだろうから歩くよりこっちのほうがいいかと思ってな」

並んで待つ人々の列を通り過ぎ、大倉さんは係員へ声をかける。そしてなにやら話をすると、すぐボート乗り場へ通された。

「え？　並ばなくて大丈夫なの？」

「事前に一台確保しておいてもらった」

「本当、事前準備ばっちりなのね……」

こういうところでも、抜かりないというか。思えばいつも、どのお店でも、予約を取って極力待たなくていいようにしてくれている。

しかも、疲れているだろうからボートに、なんて……私のために、いろんなことを考えてくれているんだ。

その心遣いが、少しうれしい。

池の端に用意された、ふたり用の小さなボート。大倉さんが先に乗ると、ボートはチャプンと音を立てて揺れた。

ちょっと、乗るの怖いかも。

今日ロングスカートだし、足を引っかけないように気をつけなくちゃ。

そう思って気を引き締めていると、不意に目の前に手が差し出された。

「え？」

見れば、先に乗った大倉さんは私に手を差し伸べてくれている。

「不安定だから気をつけろよ。お姫様」

そう茶化すように言いながらも差し出してくれる手に、私はそっと触れた。

長いその指は優しく私の手を掴んで、ボートの上に優しく導いてくれる。

不安定な足もとも彼のおかげでなんとか着地し、私たちはボートの中にふたりで向き合い座る。

大倉さんは木のオールを器用に使いこなすと、ボートを進ませた。

見れば、大きな池を囲むライトアップされた桜の木々。それらは水面にも映り、なんとも美しい。

「すごい、綺麗」

思わず歓声をあげながら、頭上の桜を見る。少し進んだところで、大倉さんはオールを漕ぐのをやめたので、静かな水面にふたりの影だけが浮かんだ。

「桜並木を歩いたことはあっても、ボートに乗ったのは初めて」

「そうか。それならよかった」

返ってきた声に彼を見れば、ライトに照らされるその横顔が桜によく似合う。

やっぱり、綺麗な人。

そんな景色に見とれていると、不意に肌寒さを感じた。四月といえど、やはり夜は少し冷える。上着の一枚でも羽織ってくるべきだったかも。

でも少しの間くらい我慢……。そう考えていると、大倉さんは私の様子から察したようで、突然スーツの上着を脱いだ。

「星乃。これ、羽織るといい」

「えっ、でもそれじゃ大倉さんが……」

「俺は平気だから。星乃の体が冷えるほうが大変だ」

そう言って、大倉さんは私の肩を包むようにジャケットを羽織らせた。

体をすっぽりと覆ってしまうジャケットの大きさから、彼との体格差を思い知る。

それと同時にほのかに漂う、清潔感と高級感のあるフレグランスの香りに、まるで彼自身に抱きしめられているようで、この胸をきゅんとときめかせた。

「……ありがとう」

小さな声で伝えたお礼に、ワイシャツにネクタイ、ベストという格好になった大倉さんは小さく笑って応えてくれた。

優しい、人。

私のことをよく見ていて、気持ちのひとつひとつに気づいてくれる。

贅沢すぎるように、思うほど。

「ねぇ、いつもあれこれデート先を見つけるの大変じゃない？」

「いや？　店探しは嫌いじゃないし、星乃が喜んでくれるのを想像すると楽しい」

……またそんなうまいことを言って。

そう思うけれど、やはりうれしい気持ちもある。

彼は、いつも私のことばかり。

だからこそ、私も。少しくらいは歩み寄るべきなのかもしれない。

「ねぇ、大倉さんっていくつ？」

「三十二だ」

「四つ上……」

見た目同様、やっぱり三十代前半だった。けれど、私と四つしか変わらないのにこの落ち着きっぷりはすごい。思わず感心してしまう。

「社長っていうのは、お父さんの跡を継いで？」

「あぁ。父親がオオクラグループの会長になったのを機に、二年前に俺がオオクラ自動車を任された、という形だな」

へぇ。オオクラグループといえば、オオクラ自動車をはじめとした系列会社を取りまとめる大きなグループだ。それにしてもその年齢で社長を任されるなんて、よっぽど優秀な人なのだろう。

大企業の社長、会長という日頃の自分からは縁遠い世界になんとなくしか想像できない顔でうなずいていると、大倉さんはふっと笑う。

「なんだ、ようやく俺に対して興味が出てきたか？」

「ま、まぁね。少しくらいなら知っておいてあげてもいいかなって」

「上から目線だな」

素直に『知りたい』とは言えず偉そうな口ぶりになる私に、彼は「はは」とおかしそうに笑った。

少しくらいは、知りたい。あなたのこと。

年齢、職業、それ以外にも好きなことや嫌いなことも、知りたい。

けど今一番知りたいと思うのは、その心の内。

私は大倉さんの目を見つめて、「ねぇ」と声をかける。

「正直に言って。一日置きとはいっても朝も夜も来るって、大変じゃない？　融通がきくとはいえ、立場上付き合いやほかに優先させなくちゃいけないことがあるんじゃゃないの？」

それは、無理しているんじゃないかという気持ちからの言葉。

もし無理をしているのなら、大変だと思いながらも来ているのなら……そこまでして続けることなのだろうか。

けれど、大倉さんはそんな私の不安に対しても首を横に振る。

「大変なんかじゃないし、会いたい人に会いに来るのにそんな気持ちは抱かない。大丈夫だ」

とだから」

「星乃は『無理をしてる』って思ってるかもしれないが、これは俺が好きでしてるこ
「けど……」

そう言って、黒い瞳は私を見つめ返した。

……そんなの、嘘。お父さんの会社を自社のものにするため。すべては仕事のため。

それをうまく隠すために甘い言葉を使っているだけ。

わかってる。わかってる、けど。

こんなふうに真っ直ぐに見つめて伝えられたら、心も掴まれそうになってしまう。

その時、突然強風がビュウっと吹いた。

「わっ」

揺れるボートの上、驚き髪を押さえると、風は花びらを舞い上げた。

「すごい風……びっくりした」

「一瞬とはいえ強かったな。よかった、転覆しなくて」

乱れた髪を整えていると、大倉さんはなにかに気づいたようにこちらに目を留めた。

「髪に花びらがついてるぞ」

「へ？　本当？」

強風でついてしまったらしい花びらを取ろうと、手探りで前髪に触れる。けれどいまいち場所がズレているらしく、大倉さんは少し見守っていたもののもどかしそうに手を伸ばした。

「ここだ」

不意に私の髪に触れたその手と、たまたまその近くを探っていた自分の手が、トンッと触れる。

少し冷たいその体温を感じた瞬間、恥ずかしさからかあっと頬が熱くなるのを感じた。

って、なにこれくらいのことで照れてるんだか！

赤くなる顔を見られたくなくて顔を背ける。

「……星乃」

すると大倉さんは、突然私の手をそっと握った。

「い、いきなりなにするの……」

ぎゅっと握るその手は、ひんやりとしていてとても冷たい。それに対して、私の手は照れから一気に熱くなる。

意識しているのが、丸わかりだ。そう思うと余計恥ずかしくて、いっそう体温が上がるのが自分でもわかった。

「照れる星乃がかわいいから、もっと触れたくなった」

「かっ⁉」

かわいいから、なんてまたそうやってからかって！

意地悪く笑う顔を想像して大倉さんを見る。ところが、こちらを見つめるその目は、優しく穏やかな笑顔だ。

からかいとかじゃなく、本当に思ってくれている？

なんて、錯覚してしまうほど。

「恋人なら、手を握るくらいいいだろ」

そう言って、絡められる長い指。

恋人つなぎをするその大きな手に触れていると、この手が、頬が、全身が、熱くなってたまらない。

恥ずかしい、よ。

ライトに照らされた水面には、華やかな桜とふたりの影が映し出されていた。

ワガママにも笑って

桜の下、絡められた指から、少しずつ少しずつ、確実に彼が近づいていることを感じた。

冷たくて大きな手。

その感触が、消えないよ。


ぱちと目を覚ます日曜の朝七時。窓の外からはチュンチュンと小鳥のさえずりが聞こえた。

「朝……」

珍しく早くに目が覚めたのは、きっとここ最近早起きする習慣がついてきたからだと思う。

これまではギリギリまで寝ていたけれど、大倉さんが家に来るから寝ていられなくて早起きするようになったのだ。

もう少し寝ていたかった気もするけれど、二度寝をしない習慣がついてしまったせいで、すぐに目が覚めてしまった。

観念して起きようと決めて体を起こし辺りを見回すと、ベッドのある寝室はホコリひとつなく綺麗だ。

大倉さんは私の家へハウスキーパーが週に二度来るよう指示してくれたようで、それ以来掃除や洗濯をこまめにしてくれている。

女としてまずいな、この生活……。

ただでさえ家事をしなかったのに、今ではほぼまったくしていない。ましてや大倉さんのお金で来てもらってるし。

けど大倉さんは、『楽になるなら使うべきだろ。金は気にするな』と譲らないし……。

そう考えながら、テレビでも見ようと寝癖も気にせず寝室を出る。

すると、不意に漂うコーヒーの香りが鼻をくすぐった。

「星乃。起きたか」

そこには、ダイニングの椅子に座り、いれたてのコーヒーを飲みながらノートパソコンを開く大倉さんの姿があった。

「コーヒー飲むか？　いれてやる」

「どうぞおかまいなく……って、なんで⁉　どうして日曜の朝からうちでくつろいでるの⁉　コーヒーメーカーまで引っ張り出して！　まだ私、一度も使ってないんだから」

抗議しながら、大倉さんの向かい側に腰掛けた。

「せっかく買ったんだから、使わなければもったいないだろ」

驚いて詰め寄る私に、大倉さんは『どうどう』というようになだめる。

休日だからってすっかり油断していた。まさかこんなに朝早くから現れるとは。

彼の突飛な行動にも少しは慣れてきた気がしていたけれど、まだまだだった。

「出かけようと誘いに来たが、よく寝ていたからな。もう少し寝かせておこうと思って、そっとしておいた」

そっとしておいてくれる優しさがあるなら、休みの日ぐらいはひとりでゆっくりさせてほしい。一瞬そう口から出そうになったけれど、今日は彼と会う日だったことを思い出してのみ込んだ。

「お気遣いどうも。気遣うならいきなり来ずに電話の一本でも入れてくれませんかね」

「したぞ。出なかったけどな」

え？

言われてから、寝室に置きっぱなしのスマートフォンを見に行けば、画面には【着信3件】の文字。

それはすべて大倉さんからのもので、気を使って時間を空けつつ三回も電話をかけてくれている。

気遣ってくれていた彼と、その配慮にいっさい気づかず爆睡していた自分、という立場に一気に分が悪くなる。

「よほどぐっすり寝ていたみたいだな」

大倉さんはそう言いながらマグカップを私の前に置き、コーヒーを注いだ。

「うっ……」

たしかに熟睡してましたとも。

言い返す言葉もなく、それ以上の反論をあきらめると、私はひと口コーヒーを飲んだ。ため息交じりに寝癖のついたままの髪を手で整えると、話題を変えることにした。

「で？　誘いにって、どこに？」

「ツテでチケットをもらってな。星乃なら興味があるんじゃないかと思って」

そう言いながら大倉さんが見せたのは、二枚のチケット。手に取りよく見ると、それは今日開催のファッションショーのチケットだった。

これって……有名高級ブランドが開く、ファッションショーのじゃない。

来シーズンの商品が先行公開されるということもあり、アパレル業界はもちろんファッション業界全体が注目する、限られた人しか参加できないレアなショーだ。

「えっ、このショーのチケットが取れるなんてすごい！　いったいどんなツテが⁉」

「友人からちょっとな」

「どんな友人⁉」

いや、大倉さんの友人となればすごい人のひとりやふたりはいそうだけど……。

案の定すぐ食らいついた私に、大倉さんはコーヒーをひと口飲んでふっと笑う。

「行くかどうか聞くまでもなさそうだな。早く支度してこい」

「う、うん！」

いつもなら素直に返事などできないだろう。けれど、昔から憧れていた、あの超レアなショーを観覧できるとなれば気持ちは逸《はや》り、私はバタバタと身支度を始めた。

せっかくのショー、とはいえあまりにもドレッシーな格好で行くのは違うよね。大倉さんもシャツにパンツの私服姿だし。

彼とのバランスや会場の雰囲気を想像しながら、手に取ったのはライトグレーのワンピース。

ほのかにラメの入ったカーディガンを肩に羽織り、小ぶりのクラッチバッグを持つ。

そしてメイクをして髪を巻き……一時間近くかかってようやく終えた身支度の後、それまで待ってくれていた大倉さんとともに家を出た。


乗り込んだ彼の車は、真っ直ぐに横浜《よこはま》方面へと向かう。

よく晴れたいい天気の中レインボーブリッジを渡れば、東京湾の水面に太陽が反射しキラキラと綺麗だ。

「いい天気。ねぇ、窓開けてもいい？」

きっと拒まないだろうとはわかっていても一応尋ねる。そして返ってきた大倉さんからの「あぁ」という返事に、私はそっと窓を開けた。

涼しい風がふわりと入り、私の髪を揺らす。

「わ、すごい風」

せっかく整えた前髪が乱れることも気に留めず、気分よく風にあたった。

「休日にこうして外に出るなんて、久しぶりかも」

「そうなのか？」

「ええ。ひとりだと寝て終わっちゃうし、元彼と付き合い始めた頃は出かけたりもしたけど、別れる頃はすっかり……」

なにげなくその話題を出す私に、彼は前を向いたまま、「ほう」と相槌を打つ。

「仮にも恋人の前で元彼の話とは。ずいぶんな神経だな」

「え⁉　あっ、ごめんなさい……！」

はっ！　しまった。たしかに普通の恋人同士ではないとはいえ、少し無神経だったかも。ハッとして手で口を塞ぐ。

ところが、そんな私を横目で一瞬見て、大倉さんは噴き出すように笑った。

「……冗談だ」

「なっ！　からかったのね！」

「どんな反応をするか見てみたくてな。けど、素直に謝るとは少し意外だったな」

意外ってどういうこと！

「そりゃあ、私だって……無神経だったかもとか思うわよ」

からかわれたことに対してふて腐れる気持ちと、素直に言うことが少し照れくさいような気持ち。

それらをうまく表現できず、ぼそぼそとつぶやく私に、大倉さんは前を見たままこちらへ手を伸ばす。

そして、まるで子供をなだめるかのように優しく頭をなでた。

「大丈夫だ。星乃の話なら、どんなことでも聞きたいよ」

大きな手。穏やかな声。

それらに胸はドキ、と音を立てて、自分でもときめいているとわかった。

……悔しい。

段々と、彼のペースに巻き込まれてる。


それから数十分車を走らせ、やって来たのは横浜市内の大きなホール会場。

アパレル関係と思わしき人々でにぎわうロビーを抜けて、ショー会場であるホールへと足を踏み入れた。

会場内は、ステージの真ん中からホール中央へ延びたランウェイを囲むような形で所狭しとパイプ椅子が並んでいる。

すでに多くの人が席に着いており、ほぼ満席で、薄暗く足もとが不安定な会場内。つまずいたりぶつかったりしないよう気をつけなければ、と思いながら座席へと向かう。

「星乃」

そんな中、手のひらが目の前にすっと差し出される。それは先日と同じ、大倉さんの頼もしい手だった。

「暗いから気をつけろよ」

そう言って私の手を取ると、エスコートするように座席と座席の間を抜けていく。

……なんでいつも、こんなにタイミングがいいんだろう。

この前も、今も、欲しいときに差し伸べてくれる。その手が、うれしい。

それから、座席に着きほどなくしてショーは始まった。

小さな顔に手足がすらりとしたモデルたちが、有名ブランドの新作を着こなしランウェイを歩く。

一見奇抜で強い個性の服たち。けれど彼女たちがそれらを身にまとい堂々と歩くことで、ひとつのアートのように表現されている。

それらをひと際華やかに彩るまぶしいくらいの照明、鼓膜を揺らす音楽、一気にステージへと集まる人々の視線。盛り上がる会場の熱気に、最初から最後まで胸はドキドキ、ワクワクしっぱなしだった。

「あー、よかったー！」

ショーの観覧を終え、建物を出たところで私は伸びをしながら声をあげた。

「見た？　あのブランドの新作！　斬新だけどすっごくおしゃれで、さらにあれを着こなすモデルがすごい！」

「あぁ。そうだな」

「今年の秋冬物、うちのブランドもあのテイスト入れればよかったかなー。あ、でも冬物なら今からでもまだ間に合うかな。企画会議で出してみようかな……」

興奮気味にひとりでしゃべる私に対し、大倉さんは冷静なままだ。

って、そうだよね。ショーとかブランドとか興味ないしわからないよね。

ひとり浮かれてしまっていたかも、とふと我に返る。

「あ……ごめんなさい。私ひとり浮かれてて。大倉さんにはつまらなかったよね」

「いや。わからないところもあるが、興味がないわけじゃない。それに、俺の一番の目的は楽しそうな星乃を見ることだからな」

そう言って大倉さんは小さく笑う。

……またそうやって、うまいことを言って。

心揺れたりしないんだから。そう思いながらも、内心ではちょっとうれしいと感じる自分がいる。

少し休憩しようか、と大倉さんは近くのオープンカフェを目で示す。

それにうなずくと、私たちふたりはアイスコーヒーを購入し、テラス席に腰を下ろした。

緑に囲まれた静かなカフェで、やわらかな風を感じながらホッとひと息つく。

冷たいアイスコーヒーが、それまで上がりっぱなしだった熱を落ち着けてくれる。

改めてふたり肩を並べて座ると、どんな話をしていいかわからない。

なにを言おう、どう言おう。そう迷いながら言葉を探す。

すると、先に口を開いたのは大倉さんのほうだった。

「星乃は、どうしてアパレル関係の仕事に就いたんだ？」

「え？」

なにをいきなりと、戸惑ってしまうけれど、ここは真面目に答えることにした。

「どうして、と言われると……月並みだけど、服が好きだから、かな」

自分で口にした言葉に、思い出すのはそのきっかけとなった日のことだ。

「私、こう見えて言いたいことを我慢するタイプの子供だったの」

「それは意外だな」

い。

自分でも『こう見えて』とは言ったけれど、意外だなんて言われるのはなんか悔しい。

「うるさい」

またアイスコーヒーをひと口飲むと、気を取り直して話を続けた。

「四つ下の妹が生まれてから両親がそっちにかかりきりで、本当はすごく寂しかった。けど、『私はお姉ちゃんだからしかたない』って自分に言い聞かせて我慢してた」

五歳か六歳くらいの頃だと思う。それまで自分だけを見てくれていた両親が、妹の世話に追われるようになって、寂しい思いを募らせていった。けれど、そんな気持ちを言うことはできなかった。

「そんなある日、私の誕生日前にお父さんが、『誕生日にパーティーしようか。プレゼントはなにが欲しい？』って聞いてくれたことがあってね。私、『なにもいらない』、『お仕事も妹のお世話もあって大変なのにいい』って断っちゃったんだ」

「星乃らしい。背伸びした答えだな」

「ええ。さすがにお父さんも気づいたみたいで、困ったように笑ってた」

今思えば、子供が背伸びをしていることがよくわかる答え方だ。だけど、その時は私にとって精いっぱいの強がりだった。そんな私を、お父さんは優しく抱き上げてくれた。

「その時にお父さんに言われたんだ。『うれしいときに笑うように、寂しいときや悲しいときは泣いていい。甘えたいときは甘えていいんだよ』って」

優しいその言葉に、そっか、もう我慢しなくていいんだ、って。そう思ったら涙がこぼれた。

「お父さんの言葉に、初めて寂しい気持ちを打ち明けられた。本当は誕生日パーティーしてくれるとうれしいこと、本当はプレゼントに赤いワンピースが欲しいこと」

全部全部、胸の奥に秘めていた気持ちだった。

「それで誕生日当日にお父さんがくれたのが、綺麗な赤色をした、私の体型にぴったりのワンピースでね。お母さんとブランドの人が話し合って、サイズからデザインや素材、すべて私のためにオーダーしてくれたものだったの」

微かにラメがきらめく、綺麗な赤色のワンピース。

それは私の体にぴったりで、肌の色や顔立ちにもとてもしっくりとくるものだった。

「自分のために……それはうれしいな」

「うん。あの時のうれしさは、一生忘れないって思った」

自分のために、ふたりが考え、たくさんの人で作り上げてくれた。

たった一枚、だけどその一枚が、私の心を震わせるほどのうれしさをくれたんだ。

「私も、そんなふうに誰かに幸せを届ける側の人間になりたいって思ったの」

いつか私も、その一枚を通していろんな人の笑顔を見たい。そう、思った。

初めて話した夢の話に、なんだか照れくさくて、ごまかすようにコーヒーを飲む。

けれど、その時ふと気づく。

私、この話を誰かにすること、初めてじゃない気がする。

でも、誰に？　友達にも、これまで付き合ってきた相手にも話したことはないはず。

「星乃？　どうかしたか？」

「あっ、ううん。なんでもない」

モヤモヤする気持ちを隠すように首を横に振ると、大倉さんは不思議そうにしながらも渋々納得する。

「さて、じゃあこの後は俺の用事に付き合ってもらおうか」

「え？」

大倉さんの、用事？

それがなにかなどまったく想像がつかず、私はキョトンとして首をかしげる。

けれど彼は教えてくれることはなくコーヒーを再び飲む。

そしてふたりともコーヒーを飲み終えカフェを出ると、大倉さんは車を走らせた。

行き先もわからず、連れられるがままやって来た先は、横浜駅近くの一軒の店の前。

「降りるぞ」

「え？　う、うん」

車から降りて見れば、そこはショーウィンドーに華やかなデザインの上質なワンピースを着たマネキンが飾られたショップだった。

ドレスショップ？　どうしてこんなところに？

そう思いながら見れば、ドアの前の看板には「ＦＡＣＩＬＥ《ファーチレ》」と書かれている。

って、このブランド名……イタリアの高級ブランドじゃない！

ブラウス一枚数万円という、自分では絶対手が届かないようなブランドだ。

ますますなんでこんなところに、と意味がわからない。

平然とした顔で中に入っていく大倉さんの後に続いて入ると、真っ白で高級感のある店内には様々な色柄のドレスやワンピース、スカートなどが並んでいる。

「あ、あの、大倉さん？　ここ……」

戸惑いながら目的を尋ねようとした私の言葉を遮るように、店員の「いらっしゃいませ」という声が店内に響いた。

「あら、大倉様。お待ちしておりました。スーツのご用意できてますよ」

「ありがとう。あと、彼女に合うドレスを見繕ってくれないか。とびきり上質なものを」

「えっ？　あの、ドレスって？」

状況がまったく理解できないまま、店員に背中を押されて奥のフィッティングルームへと押し込まれる。

そしてあれじゃない、これじゃないと、様々な服を着せられること数十分後……。

「はい、お疲れさまでございました」

店員の言葉に鏡の前に立てば、そこにはボルドーのワンピースに身を包んだ自分の姿があった。

ひとつにまとめた髪型にデコルテが強調され、体のラインに沿った少しタイトなワンピースと、高めのヒールに、ぴんと背筋が伸びる。

なんだか自分じゃないみたい……。

「似合ってるな」

その声に振り向けば、こちらを見る大倉さんがいた。

その姿は黒いスーツに、中にはグレーのベストを合わせたパーティースーツ。私が着替えているうちに彼も身支度を終えたのだろう。

わ、かっこいい。普段のスーツ姿もキマッているけど、パーティースーツだと上品さが増して社長の風格を感じさせる。

「支度も終わったし行くか。ありがとう、世話になった」

「いいえ、またお待ちしております」

にこりと微笑む店員に見送られ歩きだす大倉さんに、私も慌ててついていく。

「大倉さん、あの、なんでこんな格好を？　ていうか洋服代……」

「代金のことは気にしなくていい。支払い済みだ」

「え⁉」

支払い済みって、このワンピース一枚でもすごい金額だったのに！

そこにさらに靴、バッグ、ヘアセット……いくらになるか想像がつかない。というか、想像するのが怖い。

けどそんな高額のものを買ってもらうわけにもいかないし。

「いくらだった？　私払うから、正直に言って！」

「いくらだったかな。忘れた」

「そんなわけないでしょ！」

彼のことだからきっときちんと把握していると思う。けれど気を使わせたくないからか、はぐらかすように言って車に乗る彼に、むくれながら私も乗る。

「……こんな高いもの、すんなり受け取れってほうが無理だわ」

ぼそ、とつぶやいた言葉に大倉さんはふっと笑うと、運転席からこちらへ腕を伸ばす。

「それでも受け取ってほしいんだ」

そう言って、指先で私の鎖骨をそっとなでる。

人に触れられないようなところをなでられたくすぐったさに、ついピクッと反応してしまう。そんな私の反応を見て、大倉さんはいっそううれしそうに笑うと私の額にキスをした。

「綺麗だよ、星乃」

肌に触れた、指先と唇の感触に、全身の体温が一気に上昇する。

「なっ、なななっ、なにをいきなりっ……」

きっと真っ赤になっているだろう顔で声を震わせる私を見て、彼は体を離すとシートベルトを締めて車を出した。

不意打ちでそういうことするから、反則……！

こういう私のリアクションがおもしろいから、からかわれているのだろう。けど、わかっていても照れてしまう。

バクバクと鳴る心臓を落ち着かせながら、走りだす車の窓から外を眺めた。

「あの……そういえば、こんな服装でどこに行くんですか？」

「これから仕事関係でクルーズパーティーがあってな。せっかくだから星乃にも同席してもらいたい」

彼が平然と言ってのけるその言葉に、一瞬固まる。

「クルーズパーティーって……な、なんで私まで⁉」

「当然だろ。夫婦になる予定、つまりは婚約者なんだから」

「うっ……」

たしかに、そういう形になるのかもしれないけれど……でも待って。大倉さんの仕事関係ということはきっと、いや確実に要人がそろうような豪華なパーティーだろう。そんなところに私が参加していいの？　というか、うまく振る舞える自信もない。

「無理！　そんなところ行けない！」

「大丈夫だ。笑って俺の横に立っていればそれでいい」

そんなこと言ったって……！

納得しきれない私にも、彼は有無を言わさず車を走らせた。

そして、やって来た赤レンガ倉庫近くにある乗り場の近くに車を止め、大きなクルーズ客船に乗り込んだ。

「星乃」

大倉さんは、名前を呼んで肘を軽く曲げる。その仕草から『腕を組め』という意味だと察し、私はおずおずとその腕を掴んだ。

自然と近づく距離に、緊張で体がこわばってしまう。

ちら、と見た彼はいたって普通の顔のままだ。

……余裕って感じ。

そうだよね、パーティー慣れしているだろうし、こうして女性を連れて歩くのなんて普通だよね。

自分との差にがっかりしてしまう。

「大倉社長、いらっしゃいませ。お待ちしておりました」

出迎えた男性のもとで受付を済ませると、彼とともに会場に入る。

そこは、頭上に大きなシャンデリアが輝く広いホール。真っ赤な絨毯《じゅうたん》が敷かれ、たくさんの料理が並び、スーツやドレスに身を包んだ人であふれていた。

高そうな貴金属を身につけ、ワインを手に談笑する人々は、見るからに会社の社長に社長夫人、御曹司、といった雰囲気だ。

それまでいくつかのグループに分かれていた会場内の人たちが、大倉さんを見つけた途端わっとこちらへ押し寄せる。

「大倉社長、お久しぶりです」

「本日も一段と素敵で、さすが大倉社長ですわ」

一気に集まる人々に驚く私に、大倉さんは真顔のまま、守るようにそっと私の肩を抱いた。

そんな彼の様子に、人々の視線は私へ向けられる。

「大倉社長、こちらのお嬢さんは……」

「ええ、僕の婚約者です」

「婚約者⁉」

先ほど以上に大きくその場がざわめき、余計ビクッとしてしまう。

「おめでとうございます。お綺麗な方ですね、さすが大倉社長が選ばれた方だけある」

「ご結婚式はされるんですか？　その際はぜひうちもご招待を……」

「そうだ、お父上にもよろしくお伝えください」

けれど、ひっきりなしにかけられるその言葉に、なんとなく違和感を覚えた。

こんなに人がいるのに、大倉さんに声をかけているのに、どうしてだろう。いっさい気持ちが伝わってこない。

――『綺麗』『さすが』『おめでとう』

どれも明るい意味を持つ言葉のはずなのに。

隣を見上げると、彼もそれを感じているかのように眉ひとつ動かさない。

……変な、感じ。

大倉さんがいつも見ている世界の一部を、体験できたような気がした。

それからしばらくは出席者への挨拶などに追われ、ようやく場が落ち着いた頃を見計らって私たちはテラスへと出た。

「ふう……いい風」

ビルや観覧車など、横浜の夜景を遠くに見ながらほどよい潮風にあたっていると、隣に立つ大倉さんもひと息つくように夜空を見上げた。

「大丈夫？　疲れた？」

「いや、いつものことだ。星乃こそ大丈夫か？」

「ええ。あんなにたくさんの人に囲まれるなんて普段ないことだから、ちょっとびっくりした」

ふふ、と笑う私に、こちらへ向けられたその目が少し細められる。

先ほどまでの、社長としての表情とは違う。私がよく知る表情だ。

「ねぇ、思ったことを率直に聞いてもいい？」

「あぁ。なんだ？」

私が、こんなことを言うべきではないのかもしれない。

けれど、このまま気づかないふりはできない。

「……みんな、大倉さんに話しかけているのに、大倉さんを見ていないようだった」

ぼそっとつぶやいた言葉に、彼は否定することなく口を開く。

「しかたないさ。どこの会社も大きな企業とつながりを持つことで頭がいっぱいだからな。褒め言葉も挨拶も、そのためのセリフでしかない。あの場の人々の目に映るのは、俺じゃなく会社と親父の存在だ」

……そう、だ。

それが、あの場の違和感の正体。

透けて見えてしまった、あの人たちの心。大倉さんに声をかけながらも、その言葉の先には会社の損得しか見えていないということ。

大倉さん自身も、昔から同じようなことを感じ取っていたのだろうか。

そう思うと、婚約者として紹介したかったという気持ちはきっと、ひとりの人間としての彼なりの主張だったんじゃないかなって、思えた。

大きな会社を継ぐって、大変なんだな。自分を見てもらえないのは、悲しい。

「大倉さんは、この仕事に就くことに迷いはなかった?」

モヤモヤとした気持ちを払うように、大倉さんに話題を振る。

まさか自分に話題を振られるとは思わなかったのだろう。彼は少し驚いてから不服そうな顔をする。

「……俺のことはいい」

「ダメ。昼間は私のことを話したでしょ。大倉さんのことも聞かせてくれなくちゃ不公平じゃない」

そう言ってじっとその目をみると、彼は渋々といったように口を開く。

「迷いもなにも、最初からそれしか道がなかったからな」

「あー、昔から『将来は跡継ぎ』って言われてたってこと?」

「あぁ。俺はひとり息子だし、自身も周りもそれがあたり前だと思っていた。むしろそれ以外の道を考えたことがない」

そっか、そうだよね。長男ならなおさらだ。

けれどそこで反発しないあたりが、真面目な大倉さんっぽいといえば、ぽいのかもしれないけれど。

「けど、そんな中でも常に大切にしたいと思っているものがある」

「大切にしたいもの？」

「親や社員たちがこれまで築いてきた会社を守りたい。社員のためにも、澤口さんのようなうちのためにがんばってくれている取引先のためにも。支えてくれた人たちを安心させたい。それがずっと俺にとっての大切なもので、揺らぐことのない信念だ」

守ること、支えること……。

そのために苦労をしてきたこともあっただろうし、今現在もプレッシャーや数字、様々なものと闘っているのかもしれない。

だけどそれでも大切な人を安心させたいと願うその心は、なにより輝いているように思える。

やっぱり、いい人だ。

さぁ、と吹く風にスカートの裾が揺れる。

微かに乱れた彼の黒い髪に、無意識に手が伸び、私はその頭をそっとなでた。

「……なんだ？」

「優しい人なんだって、思って」

ぼそ、とつぶやく私の言葉に、彼は驚いた顔をする。

「初めて言われたな。無愛想だとか冷たい、とかはよく言われるけど」

「でしょうね」

「少しくらい否定しろよ」

言い合ってから、顔を合わせてお互い笑う。

不思議。大倉さんと過ごす時間が、こんなにも心を穏やかにしてくれる。

自分のことを知ってもらうこと。彼のことを知ること。それらがふたりの距離を近づけて、自然と笑みがこぼれてしまう。

彼の隣が居心地がいい。

「風が出てきたな。中に戻るか」

そう言って、大倉さんは私に手を差し伸べる。それに応えるように手を重ねると、長い指にそっと包まれた。

「まともに食事は取れなそうだし、帰りにどこか寄っていくか」

「うん。あー、なんか今日はラーメン食べたいかも」

「……いいだろう。この格好でも行けるようなラーメン屋を探してやる」

ワガママを言う私に、あきれたように笑う彼。けれどつなぐ手に自然と込められる力が、ふたりの距離の近さを示していた。

一番近く

ときどき、夢に現れる姿がある。

『星乃』

そう笑って私を呼ぶ彼は、茶色いやわらかな髪の、涼しい目をした人。

『星乃はがんばり屋だね』

初めて自分と仕事を認めてくれた彼と、過ごす。そんな過去の光景に、胸は懐かしさと切なさにあふれる。

そして、目を覚まし現実に戻るたびに思うんだ。

あぁ、夢か。

今日もがんばって働こう。仕事だけは、裏切らないから。


「ふぁ〜」

平日、十四時過ぎのオフィスで、私はマヌケな声とともに大きなあくびをこぼした。

昼食後のこの時間、ぽかぽかとした穏やかな日差しに包まれてついつい眠気に負けそうになる。

「こら、澤口。変な声出さないの」

「す、すみません」

柳原チーフに叱られ、慌てて口を閉じる。そんな私を見て、ほかの社員たちはおかしそうに笑った。

いけないいけない、仕事中だ。

たまにある暇な日の午後は、こうして睡魔との戦いだ。けど今日はいつも以上に眠い。

昨日も大倉さんと会っていて帰宅したのは二十四時近く。それに加えて嫌な夢を見て、寝起きの気分も最悪だった。

「澤口さん、眠そうですね。ちょうどコーヒーいれるので飲みませんか？」

「うん、お願い」

そんな私を見兼ねてか、後輩の女の子は給湯室へ向かうと、湯気の立つカップを手にしてすぐ戻ってきた。

「はい、どうぞ。眠気覚ましになるようにブラックです」

「ありがとう、いただきます」

カップを受け取りひと口飲むと、コーヒーの濃い苦味が寝ぼけていた頭を刺激する。

「澤口さん寝不足ですか？　あ、もしかして昨日も彼氏さんとラブラブでしたね？」

うふふと笑って冷やかす彼女に、私は苦笑いをこぼす。

ラブラブというほどではない、けど否定をすれば余計冷やかされるだけだし、肯定をすればしつこく問われる。どちらにせよ自分の望まない反応になるのがわかっているので、曖昧に濁してコーヒーをまたひと口飲んだ。

しかも、このすっきりしない感じは大倉さんのせいではない。

夢に出てきた元彼のせい、なんて言えないよね。

もう半年も前に終わった話なのに、なんで今さら……。

彼のことを思い出すたび、憂鬱さが心を覆う。それと同時にいっそう仕事に励まなければという気持ちにさせられる。

仕事は、がんばったぶんそれなりに成果が出る。

時には出ないこともあるけれど、それまでの過程で築いたものは今後の自分のためになる。

嘘もつかない、裏切らない。この心を傷つけることもない。

それが、半年前に恋人を失った自分が見つけた答えだったから。

……失ったのは恋人だけじゃない、けど。
窓の外を見れば、ついこの前まで満開だった桜並木が少し緑に変わっていた。
季節の移り変わりは早いなぁ……。
暑い季節が楽しみ、と同時にどこか切なさを感じた。
その時、デスクの上のスマートフォンが音を立てて震えた。
メッセージ、なんだろう。
友達からか、行きつけのお店のメルマガか、なにげなくメッセージを見た。
するとそこには、大倉さんから写真が一枚送られていた。
それは、彼が撮ったと思われる水槽の中のウーパールーパーの画像だ。
いきなりなに……？
不思議に思っていると、続いて【かわいいだろ】と文字が表示される。
そりゃあかわいいけど……いきなりなんなの？
意図がわからず、気持ちをそのままメッセージで送信した。
【かわいいけど、いきなりなに？】
絵文字もない、かわいげのない文だ。それに対し、彼からはまたすぐ返信がくる。
【外出先で見かけて、星乃に見せたくなった】

私に、見せたくなった……。

なにそれ、子供みたい。

だけど、仏頂面で人目も気にせず水槽の中のウーパールーパーを写真に収める大倉さんを想像すると、不似合いすぎてつい笑ってしまう。

かわいいものを見つけたときに、彼の頭に自分の姿が浮かぶことが、ちょっとうれしい。心が、温かくなる。

「澤口ー、送ってほしい画像データがあるんだけど……って、なににやけてるの？」

「へ⁉　い、いえ別に！」

不思議そうに首をかしげた柳原チーフに、自分が無意識ににやけていたことを知って恥ずかしくなってしまう。

会うたび少しずつ距離が近づき、会えない時間もこの心に彼の存在を焼きつける。

仕事さえあればいい、恋愛なんてもういいやって思っていたはずなのに、心地よさを感じている。

その日の夜。仕事を終えた私はひとり、品川駅へ向かう道を歩いていた。

今日は大倉さんとは会わない日。

大倉さんは今頃まだ仕事してたりするのかな。ていうかあんなに頻繁に私といて、ほかとの付き合いとか大丈夫なのかな……。

聞いたところで、彼は『大丈夫だ』としか言わないだろうけれど。

どうも隙がないというか、『大丈夫』以外の言葉を聞かせてくれないんだよね。

もう少し、いろんな顔が見てみたいと思ってしまう自分がいる。

そう考えながら歩いていると、駅近くの飲食店からは肉を炭火で焼くような香りが漂ってきた。

いい香り……お腹空いたな。

今日は夕飯どうしよう。たまには自炊でもしようかな。少しくらい家事もしないと、結婚してから困りそうだし……って、なにを考えてるの！　私！

自然と頭に浮かべてしまった『結婚』の文字を慌ててかき消す。

だけど大倉さんと結婚したとして、なにを作ってあげればいいんだろう。

好きな食べ物も知らないや。今度聞いてみようかな。

「あれ、星乃？」

その時、背後から聞こえた高い声に心臓がドキ、と嫌な音を立てた。

足を止めゆっくりと振り向くと、そこにはひとりの女性が立っている。

小柄な体を白いニットで包んだショートカットの彼女は、学生時代からの友人のひとりである、沙也加《さやか》。

思わず顔が引きつる私の反応を見てもなお、沙也加はにっこりと笑って手を振り小走りに駆け寄った。

「やっぱり星乃だ。久しぶり、仕事帰り？」

「……久しぶり」

まるで〝普通の友達〟のように話を始める沙也加に、声がうまく出てこない。普通にしなくちゃ、せめて愛想笑いでもしなくちゃ、そう思いながらも口角は上がらない。

「元気だった？　春樹《はるき》も星乃のこと気にしてたよ。電話もつながらないーって」

無神経にズカズカと踏み込む言い方に、心に黒いもやがかかると同時に、『春樹』という名前に胸にズキッと痛みが走る。

電話もつながらない？　……どの口が言うんだか。

「……ごめん、仕事が忙しくて。なかなか連絡とか、取る気になれなくて」

「あっ、そうだったんだぁ。星乃、相変わらず仕事大好きなんだね」

ピンク色のリップを塗った小さな唇を動かし笑う。それは、一見かわいらしい女の子だ。

「けどそんなんだから、彼氏が離れていっちゃうんだよ？　そろそろ女としての幸せも考えなくちゃ」

けれど、私の目にはその言葉を口にする沙也加の表情は、上から目線の勝ち誇ったような笑顔に見えた。

彼氏がとか、幸せがとか、なんでそんなこと、言われなくちゃいけないの。

出かかった言葉が声にはならずに喉に詰まって、息苦しさを感じた。

「じゃあ、私これから春樹とごはんだから。またね」

黙ることしかできなかった私に、彼女はひらひらと手を振りその場を後にした。

ひとり残されたその場で、足は止まったまま動かない。

早く、一刻も早くこの場を立ち去ってしまいたいのに、固まってしまう。

……悔しい。モヤモヤする、腹が立つ。

言い返してやりたいのに、なにを言ってもどうしようもない気がして、できない。

『そんなんだから、彼氏が離れていっちゃうんだよ』

私を置いて、離れてしまった彼の心。

悪かったのは、誰？

彼？　彼女？

……違う。私、だ。

いつも彼を選べなかった、私。

そう、自業自得なのだから、誰を責めるわけにもいかないのだ。

半年前に別れた元彼の春樹とは、一年ほど付き合っていた。

薬品会社の営業マンで、爽やかな見た目の明るい人だった。

一度、品川駅でぶつかって私が落としてしまったピアスを拾ってくれた。それが縁で話をして、食事に行き、自然な流れで付き合い始めた。

それまでに数度、仕事と恋愛の両立ができなくて恋をすることに臆病になってしまっていた私だけれど、そんな不安も春樹は受け入れてくれた。

『星乃はがんばり屋だね。そういうところ、好きだな』

『俺のことはいいから、仕事がんばって』

急な出張も、休日出勤も、そう言って笑って送り出してくれた。

今思えば、その優しさに甘えすぎていたと思う。

だけどその時は浮かれていて、なにも気づけなかったんだ。

いつしか結婚を意識するようになり、春樹のことを周りの友人たちに紹介したりもした。

『星乃、素敵な彼氏じゃん。うらやましいな』

そう言ってくれた友人の中のひとりが、先ほど出くわした彼女、沙也加だった。

かわいらしい顔立ちの彼女は、学生の頃から異性関係に関してはあまりいい話を聞かなかった。

けれど、女同士つるむ中では特別嫌だと感じたこともなかったし、いい友達のひとりだと思っていた。

……ところが、ある日のこと。

休日出勤したはいいけれど予想以上に早くあがれた私は、せっかくだしと、その足で春樹の家へと向かった。

驚くかな、なんて心を躍らせ彼のマンションを訪ねれば、そこにあった光景はベッドの上でシーツにくるまる裸の春樹と沙也加の姿だった。

『なん、で……』

唖然としながら尋ねた私に、春樹はしぼり出すような声で『ごめん』とつぶやいた後、続けた。

『星乃は仕事があれば生きていけるでしょ？　だけど俺は違う……本当はいつも、寂しかった』

その言葉に、自分が甘えすぎていたことを初めて知った。

彼も彼なりに、理解しようと努力をしたのかもしれない。だけど、結果として理解したふりをしていただけだった。

彼の言葉を信じ、甘えた自分がバカだった。

やっぱり、私は恋愛には向いていないんだ。

甘い言葉も綺麗ごとも、結局は最後に嘘をつく。

そう思うともう誰も信じられなくなり、仕事に身を捧げるしかなかった。

だからこそ、大倉さんの言葉もすんなりとは信じられない。

本当はそんなこと思ってないんでしょ、
どうせ今だけなんでしょ、
なんて、疑いを持たずにはいられない。

春樹と大倉さんは別の人だとわかっていても。信じることが、怖い。


「ん……寒い」

肌寒さを感じて目を覚ますと、そこは朝日の差し込む自宅のリビング。

テーブルに伏せるようにして寝ていた自分と、周りには何本ものビールの空き缶が散らかっていることから、昨夜の記憶がよみがえる。

そういえば昨日、沙也加と会ってから過去のことを思い出してモヤモヤして……ひとりで飲んで気持ちを紛らわせていたんだっけ。

その結果酔いつぶれて寝ていたわけだ。

「うっ、体痛い……」

変な姿勢で寝てしまったせいだろう。背中と腰がつるように痛い。

けど、もう朝だし急いでゴミをまとめて身支度を始めなければ。そのうち大倉さんが来てしまう。

そう思いゆっくりと立ち上がった瞬間、部屋のドアが開けられた。

「おはよう、星乃。インターホン鳴らしても反応がなかったが起きてる、か……」

突然姿を現した大倉さんは、今日も形のいいスーツに身を包みこちらを見る。

一方で私は、だらしない部屋着姿。おまけにテーブルの上や周りにはビールの空き缶だらけ……。

その光景からなんとなく状況を察したらしい、彼は真顔のまま納得したようにうなずく。

「つい今さっきまで酔いつぶれて寝てた、ってところか。ひとりでヤケ酒か?」

「悪かったですね、だらしない生活で」

「悪くはないが、部屋が酒くさいから換気するぞ」

大倉さんがカーテンと窓を開けると、ふわりと爽やかな風が部屋に舞い込んだ。

窓の外の青空と、風に揺れる黒い髪。それらに、昨日から引きずっていた鬱々とした気持ちが一気に吹き飛んでいくのを感じた。

大倉さんが来ただけなのに。呼吸が、しやすくなった。

深く息を吐き出す私に、大倉さんはなにかに気づいたように目を留めた。

「星乃。なにかあったか?」

「え? どうして?」

「なんとなく、いつもより元気がないように見える」

元気が、ない……。

この心の上がり下がりも一瞬で見抜かれてしまうから、彼にはまいる。

だけどそれを正直には話せず、笑ってみせた。

「そう、かな。なにもないけど」

我ながら、下手くそな作り笑いだと思う。それは大倉さんから見てもあきらかなのだろう。

彼は少し考えてから、思いついたように口を開く。

「星乃。今日なにか大事な会議や打ち合わせはあるか？」

「え？　今日はとくになかったと思うけど」

「そうか」

するとスーツの内ポケットからスマートフォンを取り出し、どこかへ電話をかけた。

「すみません、澤口星乃の身内ですけれども。えぇ、実は星乃が熱が出ていて、本日お休みをいただきたいのですが」

って、え⁉　なんの話⁉

私が内容を理解するより先に、大倉さんは「失礼します」と電話を終えた。

「待って、今電話かけた先って……しかも、熱がとか休みをとか聞こえた気がするんだけど」

「あぁ。お前の会社に電話をして休みをもらった」

「やっぱり！」

ていうか、私の職場の電話番号までしっかり押さえてるところが怖い。

「なに勝手なことしてくれてるのよ……私もしかして、そんなにお酒くさい？」

「においは大丈夫だ。けど、いくら仕事が好きだからといっても、たまには息抜きは大切だからな」

大倉さんはそう言って私の頭をぽんとなでる。

それってつまり……私の元気がないことを気にしてくれての提案？

バレバレな作り笑いのことを問い詰めるわけでもなく、気分転換を提案してくれる。

そんな彼の優しさが、また心地いい。

「さて、出かけるから支度してこい。そのうちに俺は空き缶片づけておくから」

言いながら近くにあった袋に空き缶を入れていく大倉さんに、私はうなずいて身支度をしに寝室へ向かった。

優しい、なぁ。

不思議だ。大倉さんといると、安心感を覚える。

意地になることもなく、立ち止まることができるんだ。

それから身支度を終えた私は、大倉さんとともに車に乗り都内を走り抜けていく。

外はよく晴れ、気持ちのいいお出かけ日和だ。

「大倉さんは、今日仕事大丈夫だったの？」

「あぁ。夕方から少し打ち合わせが入っているから、それまでに会社へ行く」

きっと大倉さんだって忙しいはずだ。けれどそんな中、私のために時間を空けてくれたのだろう。

ここで、『ありがとう』ときちんと言えればかわいげもあるのだろう。けれど、意識してしまうと言えなくて、「そっか」とだけこぼして窓の外に目を向けた。

「それで、どこに向かうの？」

「星乃が間違いなく楽しめるところだ」

私が……？

って、どこだろう。ごはんのおいしいお店？　それとも景色のいいところ？

なんだろう、と考えているうちに車は東京を出てアクアラインを抜ける。

そして家を出てから一時間半ほどでやって来たのは、千葉《ちば》県の房総《ぼうそう》半島にある有名な水族館だった。

「す、水族館……！」

入口にある大きなイルカのオブジェを見ただけで私のテンションが上がるのを見て、大倉さんはおかしそうに笑った。

「言っただろ？　星乃が間違いなく楽しめるところだって」

「うん！　絶対楽しい！　早く入りましょ！」

まるで子供のように大倉さんの袖を引っ張り歩きだすと、彼は慌てて後に続いた。

平日でもそこそこ人の多い、広々とした園内を歩く。水槽にはいくつもの種類の魚たちがゆらゆらと泳ぎ、そのほかにもペンギンやアザラシ、フラミンゴなどたくさんの種類の動物たちがいた。

そのひとつひとつを見てははしゃぐ私に、大倉さんは一緒に見てずっと話を聞いてくれた。

「イルカショーまでもう少し時間があるな。どうする？　席について待ちながら少し休憩するか？」

「そうね。歩きっぱなしだし、少し休みたいかも」

園内のほとんどを見終え、残すところはここの名物イルカショーを見るのみ。

私たちは飲み物を買い、ショーが行われる屋外スタジアムの端に座って開始時刻を待つことにした。

「ふう、水族館来たの久しぶりでついはしゃいじゃった」

「俺もだ。水族館なんて学生時代以来だな」

暖かな気温は、動くうちに暑く感じるほどで、私は熱を冷ますように手で顔を扇ぐ。

そんな私を、大倉さんは目を細めて見つめた。

「けど、少しは元気が出たみたいで安心した」

……言われてみれば。

大倉さんとはしゃぐうちに、心を落ち込ませていたものはどこかへ消えてしまっていた。

一緒に過ごす時間が、ただ楽しくて。あっという間に心を照らしてしまう、陽だまりのような彼は、まぶしくて直視できなくなる。

「……大倉さんは、やっぱり優しくて、どう向き合っていいかわからなくなる」

逸らした視線を、細身で低めの青いパンプスを履いた足もとに落とし、ぼそっとつぶやく。

あなたが、真っ直ぐに見つめるから。優しくするから、甘やかすから。

いつも素直になれない私は、どんな顔をしていいかわからないよ。

すると、彼は隣で小さく首を横に振る。

「別に優しくなんてない。俺はいつも、自分の望みに忠実なだけだ」

「望み？」

大倉さんが望むことなんて、なにもかなえていない気がするけど……。

顔を上げて彼を見ると、彼は微笑む。

「星乃に笑っていてほしい。それだけだよ」

私に、笑っていてほしい。

それが、大倉さんの望み？

どうしてそんなことをと驚く私に、彼はそっと手を伸ばし私の左手を握った。

「だから、星乃が笑えないときはその心に寄り添いたいと思うし、不安も悲しみも可能な限り取り除いてやりたい。星乃のことを、愛しいと思うから」

相変わらず、体温の低い手。

だけどしっかりと握るその力強さに、熱が上がりそうになる。

こんな私なのに。それでも彼は、心に触れる。

向き合おうと、理解しようとしてくれる。

私は、知っている。どんなに響きのいい言葉を並べる人も結局はみんな同じだということ。

信じてもどうせ裏切られる。理解したふりだけで、本当はなにもわかってなんてもらえない。

こわい。

だけど、あなたならと信じたいから。

勇気をふりしぼるように、その手を自らきゅっと握る。

「……昨日、偶然友達と会ったの」

「友達？」

「元友達っていうか、なんていうか」

頭に昨夜の景色を思い浮かべると、また喉が詰まるような息苦しさを感じる。

それをごまかすように、えへへと空元気で笑う。

「前付き合ってた彼氏がその子と浮気しててさ。結局私は、彼氏も友達もなくしちゃった」

この半年、家族にも仲のいい友達にも、会社の人にも、誰にも言えなかったこと。

情けない、かっこ悪い私の話。

「彼は私の仕事に理解もあって、いつも『がんばって』って送り出してくれた。けど、別れ際に言われたんだ。『本当はいつも寂しかった』って」

「だからといって、浮気していい理由にはならないけどな」

「そうだよね、正当化しようとするなって感じ」

言いたいことを代わりに口にしてくれた彼に、笑ってうなずく。

「だけど、私まったく気づいてなかったんだなって、その時ようやく思い知った」

彼がどんな気持ちで私を送り出していたのか、それを思うと浮気のことも強く責められなかった。

「今までもいつもそう。私は、仕事ばっかり優先しちゃって、相手の気持ちも考えられない女だから……だから、いつも相手の心が離れていく」

何度繰り返しても、同じ。

いつも私は、『仕事が』、『仕事で』、そればかりで、相手の気持ちを考えてあげられない。

徐々に相手の気持ちが離れていると感じているときですら、不安を仕事でごまかそうとして、余計悪循環に陥る。

なのに、それなのに。

「それなのに、それでも、どちらかを選ぶなんてできない」

仕事より相手を優先することができない。

自分でも、どうしてもっとうまくできないんだろうって悔やむほど、不器用。

大倉さんの前で初めてこぼした本音に、彼は握る手にいっそう力を込めた。

「俺は、そこまでプライドを持って仕事をする星乃のことをすごいと思う」

「……すごくなんて、ない」

「すごいよ。だから、そんな自分をもっと誇っていい」

お世辞にも、嘘にも聞こえない言葉を口にする彼は、真っ直ぐな眼差しで私を見つめた。これまでで一番近い距離でこの目を覗き込む彼の黒い瞳に、吸い込まれそうだ。

「いつもそうやって強くしている星乃だから、たまにはひとりで抱え込まずに弱音を吐いたって、愚痴を言ったっていい」

「そんなこと言って……甘やかさないでよ」

「大切な人を甘やかしたっていいだろ」

大倉さんはそう言うと顔を近づけて、そっと私の額と自分の額を合わせた。

「どんな星乃にも、あきれたりしない。失望しない。俺に、受け止めさせてほしい」

どんな、私にも。

その優しい声に、込み上げるものは抑えきれず、次の瞬間にはポロポロと涙がこぼれた。

そんなふうに甘い言葉ばかり言うから、気持ちが緩む。

大人になってから、人前で泣くなんてことなかったのに。

恥ずかしい、情けない、かっこ悪い。

だけど、涙が一粒こぼれるたびに心が軽くなっていく。

不安が、少しずつ消えていく。

今だけの綺麗ごとなのかもしれない。

だけど、それでも信じたい。

強く握るこの手と、温かな言葉を、信じたい。


それからほどなくして、イルカショーは始まった。

その間も、ふたりの手はつないだまま。大倉さんの大きな手の感触と体温、そして目の前を飛ぶ大きなイルカと輝く水しぶき。

キラキラと光るその景色に、この穏やかな時間が永遠に続けばいいのに、なんて願う自分がいた。

「はぁ……イルカショー、圧巻だった」

ショーを見終え、続々と席を立つ人々に続き私たちも席を立つ。

「星乃、終盤感極まってたな」

「そりゃあ感動するでしょ！　イルカと人間があそこまで通じ合えるなんて！　むしろどうして真顔でいられるの⁉」

ゆらゆらと泳ぐ魚も綺麗で好きだけれど、水族館の醍醐味はやっぱりこれだよね。

いつ見てもやっぱり素敵だ。

大倉さんと肩を並べ歩きながらも先ほどのショーを思い出すと、再び心が熱くなってじーんとしてしまう。

そんな中、ふと時間を思い出し腕時計を確認すると、時刻は十四時を過ぎていた。

「あ、そろそろ行く？　大倉さんたしか夕方から会社でしょ？」

「そうだな。じゃあ行くか」

今朝の会話を思い出し、迫る時間に足を出口の方向へと向ける。

そうだ、今日はもう帰らなきゃいけないんだよね。

少しの寂しさを感じながらも、それをのみ込み歩きだす。

すると突然、大倉さんは通路の端で足を止めた。

「星乃、手」

「手？」

手って、なんで？

不思議に思いながら言われた通りに右手を差し出す。

するとそこに、大倉さんはジャケットのポケットから取り出した手のひらほどの大きさの袋をのせた。

「これ、なに？　開けてもいい？」

うなずく彼に袋を開け中身を取り出すと、それはガラスのドームの中にイルカが飾られたスノードームだった。

「スノードーム……？」

まじまじと見つめれば、かわいらしいイルカを包むように、キラキラとした細かなスパンコールが舞ってとても綺麗だ。

「さっき売店で見かけたんだ。今日の記念になればと思って」

そういえば、館内を回っている途中、お互いトイレに行った時間があった。その時に買っておいてくれたのかな。

わざわざ、私のために。

そう思うと胸には大きなうれしさが込み上げて、自然と笑みがこぼれだす。

「ありがとう……うれしい」

大切にする、約束する。思いを込めるように両手でぎゅっと握りしめる。

ねぇ、大倉さん。今日、すごく楽しかった。

あなたといると穏やかになれる。

別れの時間を、寂しく思ってる。

だから、だからね。

「今日、すごく楽しかった。また、来ようね」

いくつもの言いたいことがある。だけど、今はまだこれだけで精いっぱい。

これから先にあるかもしれない、あなたと『また』を願ってる。

「そうだな。また」

うれしそうに笑う大倉さんに、言葉にしていない思いまで伝わってしまったような気がした。

落ち込む心も、優しく溶かしてしまう人。

そんなあなたの隣が、愛しい。

信じてほしい

優しい人。

真っ直ぐな人。

彼のひとつひとつを知るたび、だんだんと惹かれていく自分がいる。

彼は親が勝手に決めた相手。彼自身も恩義からくる使命感でプロポーズをしているだけ。

そんな状況を、忘れてしまいそうになるほど。


桜もあっという間に散り、景色は葉桜の緑色に変わりゆく。

そんな四月下旬の、火曜日の午後。長時間に及んだミーティングを終え、自分のデスクに戻り書類をまとめていると、米田さんがドアから顔を覗かせた。

「澤口、お疲れ。今回もミーティング長かったな」

「そうなんですよ……来期の販促物に関しての改善点で、店舗運営部と企画部が大揉めで」

同じブランド内でも、現場と企画では考えが異なることもある。それを言い合い喧嘩寸前となった会議室で、私は必死に両者をなだめていた。

そんな私の姿が想像ついたのだろう。米田さんは苦笑いを見せた。

「お疲れのところ悪いけど、明後日からの出張の宿泊先と新幹線の予約は大丈夫か？」

「あ、はい。もちろん。今回は私と米田さんふたり分で大丈夫でしたよね」

それは、明後日からの出張の確認。

柳原チーフや米田さんなど各ブランドのチーフは、半年に一度全国各地にある店舗に巡回へ向かう。普段は担当者に任せているけれど、定期的に自分たちの目で確認しスタッフと話をするためだ。

けれど、まだ幼いお子さんを持つ柳原チーフは長期間の出張が難しいということで、私が代わりに行っているのだ。

今回は一週間かけて十数店はある東北エリアの店舗を回る。時間もない中バタバタのスケジュールだ。

ちなみに、米田さんのブランドとうちのブランドはお互い同じ商業施設に入っていることが多い。そのため今回も一週間一緒に巡回するのだ。

「一週間も毎日澤口と一緒か。飽きるなー」

「あ、じゃあ私会社に残るので部長と一緒に行きます？」

「いやぁ澤口とふたりうれしいな！」

意地悪く言ってみせる私に、米田さんは慌てて撤回する。

「じゃあ、明後日は東京駅に八時で。寝坊するなよ」

そう言うと、爽やかな香水の香りを残して彼は部屋を後にした。

相変わらずいい香りだ。

鼻をくすぐるメンズ用の香水に、女子たちが『米田さんの残り香はイケメンの香り』と騒いでいたのを思い出し、つい苦笑いがこぼれた。

「米田さんと一週間出張なんていいなぁ。うらやましいです」

すると、続いて声をかけてきたのは後輩の女の子。それまでの私たちのやりとりを見ていたらしく、つまらなそうに口を尖らせる。

「そう？　一週間仕事づくめだけど」

「でもあんなイケメンとの出張なら、つらさも吹っ飛んじゃいますよー！　ふたりで移動して、ごはん食べたりしちゃって、ついお酒飲んじゃったりして勢いで……きゃー！」

いやいや、ないから……。

ドラマのような展開を想像しているのだろうか。にやけた顔でキャーキャーはしゃぐ彼女に、苦い顔で首を横に振る。

「ごはんくらいは一緒に食べるけど、ハードスケジュールでクタクタだからのんびり飲む暇もないよ。ていうか、私と米田さんはそういう関係じゃないし」

「えー？　わからないじゃないですかぁ。澤口さんだって一週間彼と会えないから米田さんに心揺らいじゃうことがあるかも」

「あはは、私の心が揺らいだところで米田さんにお断りされて終わりだから。さ、仕事仕事！」

ひやかすように言う彼女に、私は笑って流すと席を立つ。

もう、すぐそういう関係にしたがるんだから。

あきれたように息を吐き、ふと気づく。

あれ、そうだ。言われてみれば、一週間出張ということは、その間大倉さんとは会えないということだ。

大倉さんと出会って早くも一ヶ月。相変わらず彼とは二日に一回は会っていて、毎回のように食事や外出など様々な形で時間を過ごしている。

そんな彼と一週間会わないとなると、なんだか少し変な感じだ。

そういえば出張のことも、まだ言ってなかったな。今日会うし、その時に伝えよう。

少しくらいは、寂しいとか感じてくれるのかな。

……なんて、ね。

ほんの少し、そんな期待を持った自分が、ちょっとおかしい。


「そうか、わかった」

ところが。その日の夜にレストランでともに食事を取りながら、出張の話をした私に対し、大倉さんから返されたのはその短いひと言だけだった。

「……って、それだけ？」

「それ以外に言葉があるか？」

真顔で返されるが、なにも言い返せずに「ぐっ」と言葉をのみ込む。

そうだけど、そりゃあそうなんだけどさ……！

「あ、そうだ。星乃の家にハウスキーパーを一応呼んでおこう。一週間閉め切りはまずいからな」

「そーですね……」

少しでも、なにか反応を期待した自分がバカだった。

大倉さんが『寂しい』とか、そんなふうに答えるわけがないのに。

あきらかにしゅんとする私に、大倉さんはテーブルの上のグラスを手にふっと笑う。

「なんだ、寂しいのか？」

「は⁉」

さ、寂しい⁉

いきなりなにを言うのかという驚きと、図星を突かれた恥ずかしさからつい声が大きくなる。

「そんなわけないでしょ。せっかく東北に行くんだし、おいしいものもいっぱい食べて超楽しんでくるんだから」

「そうか。それはよかったな」

この余裕っぷり……！　少しでも期待した自分が虚しいとかより、なんだか腹が立ってきた。

寂しいだなんて意地でも思ってやらない。仕事のことだけ考えて過ごすんだから！

そんな気合い十分で迎えた、二日後。

約束通り朝八時に東京駅で米田さんと待ち合わせた私は、大きなキャリーバッグと仕事用のトートバッグを手に初日の目的地、青森《あおもり》へと向かった。

「今日巡回の後、飯どうする？　ホテルの近くで店探すか？」

「そうですね。せっかくだし、青森ならではのもの食べたいですよね」

新幹線の中、小声で話しながらどうしようかなと考える。そんな私に、隣に座る米田さんはなにか言いたげな顔でこちらを見た。

「ん？　どうかしました？」

「いや、お前大丈夫なのかなって。一週間も彼氏放置して」

彼氏、というのは大倉さんのことだろう。

そうだ。米田さんをはじめ会社の人の間では、彼は毎日のように会社に迎えに来るほど私を愛する婚約者、という認識だ。

……現実は、一週間会えずともハウスキーパーのことしか気にならないような人だけど。

「大丈夫です。私はいつでも仕事第一！」

「とか言ってるからいつも出張シーズンの後にフラれるんだよ。お前も懲りないな」

「うるさいですよ！」

小声で話しながら、ふんと顔を背ける。

けどたしかに。米田さんの言う通り、私は出張の後は彼氏と別れることがよくあった。前回の彼氏との別れもこうした出張の後だった。

理由は様々。もともと仕事ばかりの私にうんざりしていたところに、一週間時間を空けたことで相手の気持ちが完全に離れてしまったり、浮気をされたり……。

こまめに連絡を取れればまた違うのだろうけれど、そこまでの余裕もない。

そこで、『私も実は寂しい』とか言えれば違うんだろうなぁ。けど、子供の頃のようには素直に言えない。

大倉さんにも、なにも言えなかったな。

目を閉じると、まぶたの裏に大倉さんの姿ばかりが浮かぶ。

きっと今も、私のことなど忘れて仕事にいそしんでいるのだろう彼を思うと、少し切ない。

寂しいなんて意地でも思ってやらない、はずだったのに。もう寂しさを感じている。

そこからは、あっという間だった。

熟睡してしまっていた私は、米田さんに起こされ目を覚ました。新青森《しんあおもり》に着き、そのまま荷物を置く暇もなく青森市内の店舗へ向かう。

そこで様々なチェックをしたりスタッフと話をしたりして、次は弘前《ひろさき》店、次は八戸《はちのへ》店……こちらのエリアは店舗ごとの距離が離れているため、とにかく移動時間がかかってしまい、各店を回り終えた頃にはすっかり夜になっていた。

「あー……腰痛い、もう電車乗りたくない……」

「残念ながら明日も引き続き店舗巡りだけどな……」

疲れたこともあり、米田さんと近場で簡単に食事を済ませると、ふらふらな足取りでホテルへと向かい自分の部屋に入った。

まだまだ店舗数はあるし、大変だ……。

硬いシングルベッドに飛び込むように寝転がると、ようやく休める、という状況に安心したのか、すぐにうとうとし始めてしまう。

あぁ、化粧落とさなくちゃ。服も着替えてシャワー浴びて……でも眠い。

眠い、けど……と葛藤する中、突然ヴーとバイブ音が響く。

「電話……？」

もぞ、と体を起こしバッグからスマートフォンを取り出す。すると画面には【着信　大倉佑】の文字。

え……大倉さん？

まさか彼から電話がくるとは思わず、その名前に驚きながらも通話ボタンを押した。

「も、もしもし？」

『俺だ。今大丈夫か？』

スマートフォンから聞こえてくる低い声に、少し緊張してしまう。

「え、ええ。いいけど、どうかしたの？」

『どうかしたわけでもないけど。会う予定の日だしと思って電話してみた。会えないうえに声も聞けないとなれば寂しいからな』

寂しい、そのひと言に一瞬喜びそうになる自分を必死に落ち着ける。

「別に、寂しくなんてないし」

『そうか。俺は寂しいけど』

「え⁉」

さ、寂しい？　大倉さんが？　なんで、いきなりそんなこと……。

「……この前は余裕そうな顔してたじゃない」

かわいげのないことを言ってしまう私に、電話の向こうの彼が小さく笑うのが聞こえた。

『あいにく、顔には出ないほうでな』

出ないのか出さなかったのかはわからない。けどきっと、私の反応をひとり心の中で楽しんでいたのだと思う。

相変わらず、彼のペースで悔しい。

『けど、たまにはこうして電話もいいな。星乃の声が近い』

……けれど、不意打ちのそのひと言に、胸はきゅんと音を立てた。

声が、近い。

それは私にとっても同じで、彼の低い声が耳のすぐそばで響いて、くすぐったい。

「……私、来週の木曜の夕方には東京に戻るから」

『そうか。じゃあその日、食事でも行くか。店予約しておく。一週間ぶりに会えるの、楽しみにしてる』

そんな、甘い言葉で喜ばせようとしてるのわかってる。

わかってる、けど。うれしいと思えてしまうのは、どうしてだろう。

「……おやすみ、なさい」

『私も』という言葉をのみ込んで、それだけ言って電話を切った。

ホーム画面に戻ったスマートフォンを見つめて、「はぁ」と緊張が解けた。

なんでいちいち、そうやって、うまいことばかり言うんだか。

でも、思えば出張に行くのに嫌な顔をしなかったのも、こうして寂しさを伝えてくれたのも大倉さんが初めてかもしれない。

「楽しみにしてる……か」

その言葉に、一週間がんばれそうな気がした。

一週間後に会うの、楽しみにしてる。

……私も、少しだけ。


それから翌日も私たちは一日中各店舗を回った。

青森から、秋田《あきた》、岩手《いわて》、山形《やまがた》、宮城《みやぎ》……と転々とし、迎えた最終日。

七日目の今日、仙台《せんだい》店での巡回を最後に、私と米田さんは午後の新幹線で東京へ帰る予定だ。

そしたら、大倉さんと食事だ。十七時頃に東京に着くって言ったら、仕事早めに切り上げて迎えに来てくれるって言ってた。

そんな、わざわざいいのに。甘やかされているな、と思いながらもその優しさに流されてしまう。

さて、浮かれずに今日も仕事！

白いスキニーパンツにグレーのパンプスを合わせた、動きやすいスタイルで、私はホテルを後にした。

「やっと最終日だな。帰りお土産買ってく?」

「はい。と言っても、行く先々でお土産買ってますけど」

「澤口、珍しいお菓子見つけるたびに『お土産にしよー』って買ってるもんなぁ」

ははは、と笑う米田さんとともにキャリーバッグをコインロッカーに預けると、駅からほど近い商業施設にある店舗へと向かった。

エスカレーターで二階に上がって、すぐ目の前に掲げられた「SNOW《スノー》DROP《ドロップ》」の看板。

木目と白いレンガを基調としたどこか北欧スタイルのような内装のお店には、今季の春物商品が並んでいる。

「じゃあ俺、三階行くから、また後で……」

米田さんのブランドは三階にあることから、彼が上のフロアへ向かおうとした、その時。

「あっ、澤口さん!」

突然大きな声で私を呼んだのは、私よりいくつか若いスレンダーな女の子。全身をうちのブランドの服で包んだ彼女は、仙台店の店長だ。

「土佐《とさ》店長。お疲れさま。どうかしましたか？」

「お疲れさまです。あの、来ていただいて早々で申し訳ないんですけれど、ご相談が……」

ひどく焦った様子の彼女に、上のフロアへ行こうとした米田さんも思わず足を止めて一緒に店内へ入っていく。

「実は今日私ともうひとりの子、ふたりでのシフトだったんですけど、その子が急きょ欠勤になってしまって」

「えっ！　ほかのスタッフは？」

「今日はたまたま全員出られなくて。でも今日はここのビルのポイント三倍デーだから絶対混むし……私ひとりじゃ無理です～！　もうどうしたらいいですかぁ～！」

近場に店舗があればそこから人を借りることもできる。けど、この近くには店舗はないし、さらに今からとなると難しいし……。

けど、忙しい日に店長ひとりでは回せないだろう。売上を逃してしまうどころか、一日中ひとりではトイレすら行けやしない。

一応私も売り場に立つことはできる。もともと販売員だし、もちろん商品知識も頭に入っている。けど、ここを夜まで手伝ったら帰りは最終……いや、それどころか明日の始発。

大倉さんとの約束は、守れなくなってしまう。

……どうしよう。

これまでだったら、絶対迷わなかったのに。

だけど。

『楽しみにしてる』

その大倉さんの声を思い出すと、すぐにはうなずけない。

「おい、澤口。どうするんだ?」

「えっと……」

けれど、米田さんの声に冷静になってみれば、目の前にはすっかりまいってしまった様子の彼女の姿。

たしか、仙台店は今日のようなイベント日が最も売上をとれるタイプ。おまけに今月はあと少しで予算に届くかどうか、店長もここを逃すと痛いだろう。

……そこまでわかっていては、見捨てられない。

「今日一日、私が手伝います。接客ならできますし……あ、でもレジ操作は不安だから任せてもいいですか？」

「えっ、いいんですか？」

「店舗が困ってるときに助けるのも、本部の役目ですから」

ぱぁっと表情を明るくする彼女に、米田さんは心配そうに表情を曇らせる。

「澤口、大丈夫なのか？　ここ夜まで入ったら最終の新幹線間に合わないぞ」

「はい。なので明日の朝イチで帰ります。どうせ私明日は休みなので。米田さんは予定通り午後で帰ってください」

そう、私は明日代休をとっている。仕事上は問題ないのだ。はっきりとした私の返事に米田さんは納得したようにうなずく。

「悪いな。俺も残れるなら残りたいけど、明日は出勤だからな……。柳原には俺から報告しておくから」

「ありがとうございます」

米田さんはそう言って、「じゃあ」と上のフロアへ向かっていく。

上司への報告は米田さんに任せて……よし、じゃあ私は売り場に立つとしますか。

「店長、今日は予算取りますよ！　がんばりましょうね」

「は、はいっ、ありがとうございます！」

深々と礼をする彼女に笑いかけると、私はとりあえず荷物を置きにバックヤードへと向かう。

あ……大倉さんにも連絡、しておかなくちゃ。

……お店、折角予約してくれているのに。申し訳ないな。

それ以上に、彼の期待を裏切ることが心苦しい。

なんでも許すような彼だけれど、今度ばかりはあきれられてしまうかもしれない。

こういうことばっかりしてるから、フラれるわけだ。

わかってる。自覚してる。だけど、大切な仕事を投げ出したり、誰かを見捨てることはできない。

仕事へのプライドと心苦しさ、いろんな感情で胸の中がぐちゃぐちゃだ。

【ごめんなさい。仙台店でトラブルがあり、夜まで仕事になりました。なので、今夜の約束はキャンセルさせてください】

彼へメッセージを一通送り売り場に出ると、その日は本当に大賑わいの一日だった。

店長とふたりまともに休憩にも入れず、接客、接客、ひたすら接客……。

売り場に長時間立つことも、こんなに人と話すことも久しぶりで、頬が引きつりそうになる。

けれど、自分たちの商品が売れるのを直接見ることに、たしかなやりがいを感じられる。だけどそれと同時に、今彼はどんな表情をしているか想像して怖くなる。

あきれてるかな。お父さんからの話を受けたこと、後悔してるかも。

やっぱり、私には恋愛と仕事の両立なんて無理なんだ。

一度は心に希望が湧いたけれど、ふたたび沈んでしまう。


「ありがとうございました」

その言葉とともに深く礼をし、最後のお客様を見送った。顔を上げればレジの時計は二十二時過ぎを指していた。

やっと閉店時間……。

予算を大幅に上回る売上げを達成し、なんとか今日を乗りきれたことに、安堵した。

「澤口さん、ありがとうございました。閉店作業は私やりますから、あがってくださ い」

「本当ですか？　じゃあ、お言葉に甘えてお先に失礼しようかな」

折角なら最後までとも思うけれど、閉店作業のやり方は私はわからないし……。

下手に手間をとらせてしまうよりは、と思い店長の言葉にうなずくと、荷物を持ちお店を出ようとする。

閉店後のひと気のない建物で、店長はふたたび深く頭を下げた。

「本当にありがとうございました。澤口さんみたいな方が本部にいてくださること、すごく頼もしいです」

それは、私の判断は仕事の上で間違っていなかった、と言ってくれている気がしてうれしい。

そんな彼女に、自然と笑みがこぼれた。

「ありがとうございます。明日からもがんばってくださいね」

そして手を振り、ひとり駅へと向かった。

私は間違ってなかった。彼女ひとりをお店に残していたら、きっと後悔しただろう。

そう、正しい判断。

……なのに。何度言い聞かせても、胸が苦しい。

大倉さんとの約束を守れなかったことにも、後悔を感じている。

どうすれば、よかったのかな。

「はぁ……、あ」

そういえば、私今夜泊まるところすらないや。

しかたない、近くのネットカフェでも入ろうかな。疲れた体にあの狭さと硬さはつらいけれど……。

コインロッカーからキャリーバッグを取り出し、渋々ながらも街へ出ようとした。

その時だった。

「星乃」

東口から出たところで、名前を呼ぶ声が響く。

え……？　この声、は。

振り返れば、そこにいたのはスーツ姿の大倉さんだった。

「大倉、さん……？」

ちょうど電話をかけようとしていたところなのだろうか。スマートフォンを片手に道の端に立つ彼は、驚いた顔の私を見て小さく笑う。

なんで、どうして彼がここに……？

「なんで……」

「メッセージを見て、仕事が終わってから車を走らせてきた」

「く、車で⁉　四時間はかかるでしょ⁉」

仕事を終えて、その足で片道四時間だなんて。信じられない、と目を見開き声をあげてしまう。

「会うって、約束したからな」

約、束……。

なんでそこまでするの。

約束を守れなかったのは、私。なのに彼だけは、あきらめずに守ろうとして来てくれた。明日だって、大倉さんは仕事だろうに。

その誠実さに胸が締めつけられる。

「……そんな約束のために、あなたがそこまですることないでしょ。約束を守れなかったのは私なんだから、責めればいいじゃない」

あなたが優しいから、真っ直ぐだから、苦しくなる。

それ以上目を合わせることができなくて、下を向いてしまう。

「大倉さんもあきれたでしょ。仕事のことしか頭にないのか、って。食事の約束ひとつも守れないのかって」

うつむいた視線の先には、大倉さんの茶色い綺麗な革靴と、つま先が少し汚れたグレーのパンプス。

それは、爪先まで余裕のある彼と、いつも余裕のない自分を表しているかのようだ。

そんな自分が情けなくて、ついこのまま泣きだしてしまいそうになる。けれど、ここで泣くのはずるい気がして、こぶしを握って涙をこらえる。するると、大倉さんが腕を伸ばす気配がした、と思った次の瞬間には私は彼の腕の中にいた。

「大倉、さん……？」

突然抱きしめられたことに、驚き、どうにもできない。

彼は夜とはいえ人通りのある駅前で、人目を気にせず抱きしめる。

「……嘘、ついた」

「え……？」

「会いにきたのは、約束のためじゃない。俺が星乃に会いたかったから」

『会いたかったから』って……？

大倉さんが、私に？

「それと、星乃が自己嫌悪に陥ってるかもしれないと思ったから」

彼がつぶやく言葉に、心の中を読まれた気がした。

本当に、なんでもお見通しだ。

なにをどんなに隠したって、きっと見つけ出されてしまう。嫌になるくらい放っておいてくれない。

観念して、私はそれまで肩に込めていた力を抜き、その胸に体を預けた。そんな私の体も、彼はしっかりと受け止めてくれる。

「それが俺の本音。じゃあ、星乃の本音は？」

「え……？」

「強がりでもなく、自分を守るための言葉でもない、星乃自身の本音が聞きたいんだ」

気づかれて、いた。

『責めればいい』、『あきれたでしょ』、それらの言葉は、本音をぶつけて拒まれるのが怖い私が、自分を守るための言葉。

だけど、大倉さんは本音を隠さず伝えてくれた。

その気持ちに、自分も精いっぱい応えるべきだと思うから。

怖いけど、勇気を出して伝えるんだ。

「……ごめん、なさい。本当はすごく迷ったの……今日、ずっと楽しみにしてたから。だけどやっぱり、どうしても仕事は譲れなくて」

声をしぼり出しながら、彼のジャケットをぎゅっと握る。

「お店を助けたいって気持ちを選んで、ごめんなさい。だけど、大倉さんに会いたいって思ってた気持ちだけは、本当だから。だから、信じてほしいの」

会いたいって、思ってた。大倉さんと過ごす時間を、楽しみに思っていた。

その気持ちひとつひとつは、本当だ。

だから、疑わないで。信じてほしい。

信じてもらえないかも、『じゃあどうして』と否定されるかもしれない。そう思うと怖いけれど、本音を伝えて向き合いたいから。

ジャケットを握る手にいっそう力を込める私に、大倉さんは優しく頭を抱き寄せた。

「そうか。ありがとな、星乃」

「信じて、くれるの？」

「もちろんだ」

彼の腕の中で顔を上げると、私を見つめるその目はとても優しく細められている。

「俺は星乃の選択を間違いだとも思わないし、星乃が会いたいと思ってくれていたことがとてもうれしい」

「うれしい……？」

「あぁ。それに、これまでの男と一緒にされるのは心外だ。俺は会いたいと思ったら待たない。どれほどの距離だって越えて、会いに行く」

唇から発せられる言葉も、真っ直ぐで、この心にしっかりと響いた。

それまで我慢していた涙が、ほんの少しだけ、こらえきれずにまつげを濡らした。

「……ありがとう、大倉さん」

小さな私の声に、彼は今までで一番うれしそうに、目尻を下げて微笑む。

その優しい表情に、胸はしっかりと、はっきりと、強いときめきを感じた。


それから私たちは、今日は東京へ戻ることをあきらめ近くのビジネスホテルへとやって来た。

予約なしで急遽ということもあり、部屋が空いていればそれだけでもラッキーだ。……そう、わかってはいたけれど。

「では二名様、お部屋は三〇六号室となっております。ごゆっくりどうぞ」

にこやかな笑顔のホテルのフロントマンから渡されたのは、鍵ひとつ。

そう。すぐに用意できる部屋は限られており、ふたり同じ部屋に泊まることとなってしまったわけだ。

真顔で鍵を受け取る大倉さんの隣で、私は引きつった笑みを見せる。

「……ちょっと。しかたないから同じ部屋に寝るけど、寝込み襲わないでよね」

「それは遠回しに寝込みを襲ってくれということか？」

「率直に襲わないでってこと！」

私のせいでここまで来てもらったわけだし、ワガママは言えないけどさ……。

話しながらエレベーターで三階へ向かい、三〇六号室へと入る。見れば部屋は広々としており、ベッドはツイン。距離を取って過ごすにはちょうどいい。

同室ということに緊張はしてしまうけれど、さっさとお風呂に入って寝て明日の朝を迎えてしまおう。

部屋の端に鞄を置き、大倉さんはジャケットを脱ぐ。

「星乃、疲れただろ。先にシャワー使っていいぞ」

「えっ、でも……」

疲れてはいるけれど……大倉さんのほうが疲れているんじゃないだろうか。

そう思い渋ってしまう私に、彼はネクタイを外しながら私の考えを察した。

「先に入らないなら一緒に入るけど」

「先に入る！」

もう、またそういうこと言って！

でも本当に入ってこられたら困る、と私はバタバタと脱衣所へ入った。

けど、ふたりきりで泊まりって、大丈夫なんだろうか。

ああは言っても、実際手出しをするような人ではないだろう。それはわかってる。けど、万が一、そうなったら……いやいやいや。恋人状態とはいえ実際付き合ってるわけでもないのに、そんなことできない。ていうかダメでしょ。拒め、私。

自分に言い聞かせながら服を脱いだところで、ふと気づく。

そういえば、お風呂から出たら、なにを着るべきなんだろう。

普通はバスローブだよね。けどさすがに気を許しすぎ？　でも私服着るのもなんか、意識してるみたいだし……。あぁもう、どうすればいいの！

私がひとりこうして頭の中をぐるぐるとさせている間も、彼は余裕なんだろうな。

それが、やっぱりちょっと悔しい。

それから早々とシャワーを浴び終えた私は、濡れた髪をタオルで乾かしながら部屋に戻った。

結局バスローブにしたけど……はだけないように気をつけよう。

テレビすらついていない静かな室内を見回せば、ソファには背もたれによりかかり目を閉じる大倉さんの姿がある。

「大倉さん、シャワーどうぞ……って、あれ」

よく見れば、目を閉じた彼からは「すー」と小さな寝息が聞こえてくる。

寝て、る……。

大倉さんって、人前で寝たりするんだ。

いや、人間だし不思議なことじゃないけどさ。だけど、いつも油断しないイメージなだけに少し意外だ。

近づいてその顔をまじまじと見るけれど、やはり彼は起きる気配はない。

疲れてるのかな。……そうだよね。仕事の後に四時間も車を走らせて、疲れていないわけがない。

だけどそういう気持ちを言葉にも顔にも出さないから、気づけないよ。

警戒心なく伏せられたまつ毛に、彼の素顔に近づけた気がした。

「……ありがとう、大倉さん」

会えないときには現れて、苦しいときには言葉をくれる。

なんだってお見通しなのが悔しいけれど、そんなあなたに救われている。

今この胸に込み上げるのは、出会ったあの日には想像もしなかった気持ち。

あなたとなら、結婚してもいいかもしれない。

彼となら結婚してもいいかもしれない、なんて、少しずつおとずれる心の変化。

だけどそれは、嫌な感覚ではなくて。むしろ、日に日に穏やかになる心が、愛しいとさえ思う。


五月上旬、連休明けの月曜日。出張の疲れも抜けきらない中、先週の売上報告を見て、私と柳原チーフはニヤニヤと笑みを浮かべる。

手もとのパソコンに表示された画面には『予算比一二〇%』の文字。

「ふふ……やった、勝った、勝ったぞゴールデンウィークー！」

「やったー！　やりましたね！」

ゴールデンウィーク商戦は大規模なセール実施と新作の投入、キャンペーンも行い売上は大幅にアップという結果で終わった。

昨年は企画が甘くて売上落としていたし……なんとしても勝ちたかっただけに、この結果はうれしい。

「にぎやかだな。なに騒いでるんだ？」

すると、そこに声をかけてきた米田さんは、にぎやかな私たちにあきれた目を向ける。

けれど今の上機嫌な柳原チーフにはなんてことない。

「ふふふ、米田見た？　うちのブランドの数字！」

「お前こそうちのブランドの数字見たか？」

そう言って米田さんがペラっと見せた紙には、米田さんの部署のブランドの売上と、『予算比一三〇・三％』の文字……。

「なっ！」

「ま、お前のところもがんばったんじゃないか？　うちのブランドの次に、な」

米田さんはそれを言いたかっただけなのだろう、「ははは」と笑いながら部屋を出ていく。

「なんなのあの男！　ムカつく！　なにも人が喜んでるときに水を差すような言い方しなくてもいいじゃない！」

キーッと悔しそうに声をあげる柳原チーフに、私は「まぁまぁ」と必死になだめる。

米田さんのところもゴールデンウィーク商戦気合い入れていたもんね。

数字がすべてではないけれど、がんばりは結果として数字にも表れる。みんなの努力がこうして目に見える形になるのは、やっぱりうれしい。

今日のお昼はちょっと贅沢しちゃおう。そう、ふふと笑って仕事に取りかかった。

それから数時間が経ち、お昼休憩の時間を迎えた私が浮かれた足取りで会社を出てやって来たのは、近くにあるカフェだった。

そこでボリュームのあるホットサンドに揚げたてのポテト、クリームたっぷりのアイスカフェラテを買った私は、窓際のカウンター席に座った。

いつもなら高カロリーだからって我慢しちゃうけど、たまにならいいよね。

早速ストローでカフェラテを飲むと、クリームの甘さが口の中に広がって、幸福感で満たしてくれる。

「はぁ……幸せ」

ここ最近もまた、バタバタしてばかりいたからなぁ。やっとひと息、といったところだ。

あの出張の最終日、仙台に一泊した私と大倉さん。

気づけば私もあのままソファで寝てしまい、朝方起きたらベッドに寝かしつけられていた。

一方の大倉さんはというと、私が目を覚ました頃にはすでに起きており、身支度も終えていた。

その日の仕事は大丈夫なのか聞いたところ、今日はとくに人に会う約束もないから大丈夫、秘書にも午後から出ると伝えてある、とのことで。やはり準備のいい人だ。

それからふたりは片道四時間かけて東京へと戻ってきた。

その後は大倉さんの海外出張が入り、私の埼玉《さいたま》の店舗へのヘルプが入り、とお互い立て続けに忙しく、以来ゆっくり会うことはできていないけれど……。

だけど、うれしかったな。

彼がわざわざ仙台まで会いにきてくれたこと。

欲しい言葉を、くれたこと。

以前よりぐっと近づいた心の距離に、余計浮かれてしまいそうになる。

もぐ、とホットサンドをかじっていると、不意に隣の席の女性たちの会話が耳に入った。

「そういえば昨日家デートだったんでしょ？　どうだったの？」

「んー……正直、ダメかも」

「えー？　なんでー？」

それは、片方の女性の恋愛話らしい。

他人様の会話に聞き耳を立てるのはあまりよくない、そうわかってはいてもつい意識をそちらへ向けてしまう。

「彼の家行ったらすっごく散らかってて！　一緒に住んだら私がいちいち片づけなきゃいけないのかなとか考えちゃって。なんか無理！」

「あー、家って結構性格とか趣味とか出るもんね」

家……。そういえば私、大倉さんがどんなところに住んでいるのか知らないや。

それどころかプライベートな面をまったく知らない。

……私も、もっといろいろ知りたい。かも。

そう考えていると、スマートフォンがヴー、と短く震える。

見ればそれは、タイミングよく大倉さんからのメッセージだった。

ちょうど向こうもお昼休みなのだろう。【今夜はどこに行きたい？】と絵文字のない一文が彼らしい。

いつもなら自分ひとりでお店を決めるけど、たまにこうして聞いてくるんだよね。

今日は、そうだなぁ。フレンチ、和食、イタリアン……いや、ここは思いきって。

【大倉さんの家】

勇気を出して、その一文を入力し送信を押す。

お、送っちゃった……。家に行きたい、なんてなにを言い出すんだと引かれたらどうしよう。

はっ、いや、家に行きたいのはそういう意味じゃなくて。ただ大倉さんのことをもっと知りたいというだけで……。

あぁ、『家に来たいってことは、わかってるな？』とニヤリと笑う彼が想像つく。

すると、ほどなくして【わかった】と短い返信がきた。

わかった、ってことはいいってこと？　引かれてはいないようでよかった。

そう安心していると、突然着信音が鳴りだす。

「わっ」

驚いて画面を見れば、表示された【着信　大倉佑】の文字。

で、電話？

今さっきメッセージ送ったばかりなのに、やっぱり家はダメ、とか？

彼からの言葉を想像しながら通話ボタンを押した。

「も、もしもし」

『悪い。今大丈夫か』

会社の中からかけているのだろうか、彼はやや声を潜めて話す。

『返事したばかりで悪いんだが今さっき急な会議が入って、迎えに行くのが少し遅くなりそうなんだが』

珍しい。いつもは私の定時には仕事を終え、こちらに着いているような大倉さんが遅くなるということは、よほど急ぎの仕事なのかそれとも断れないようなことなのか。

これまでだったら、『じゃあ今日はなし！』と跳ねのけてしまっただろう。

けれど、今は違う。

「じゃあ、私が行く。……たまには、大倉さんのこと迎えに」

先日、わざわざ来てくれた彼に、今度は自分から距離を詰めたいと思った。

大きな心境の変化を知られてしまうのは、恥ずかしい。けれど、知ってほしいとも思うんだ。

あなたに、もっと近づきたいと思うこの心を。

『……悪いな。じゃあ六本木《ろっぽんぎ》の本社に来てくれ。ロビーで待っててくれればいいから』

私の気持ちを感じ取ったのか、大倉さんは遠慮なく受け入れる。

すると電話の向こうからは誰かが来た声と、『あれ、大倉社長ここにいたんですか?』という男性の声が聞こえてくる。

やっぱり会社の人に隠れて連絡をしていたんだ。じゃあまた、と通話を終えようとしたとき、バタバタとなにやら騒がしい音がした。

『もう、さっきはびっくりしちゃいましたよ。彼女とメールしてると思ったらいきなりコーヒー落として……あれ、すみません電話中でした?』

その声を遮るように、プチッと通話は切れた。

切られた……。今の秘書かなにかかな。

ていうかコーヒー落とすって、よほど衝撃的だったのだろうか。

引かれて、ないよね。

近づく距離を、彼もうれしく思ってくれたらいいな、なんて、そんなことを思いながら飲んだカフェラテは、やはりとても甘かった。


その日の十八時半頃。仕事を終え品川を出た私の姿は、六本木の街にあった。

「ここだ……」

目の前には、うちの会社の入っているビルと同じくらいの大きさの建物がどんと構えている。

ただし違うのは、このビルが丸ごとオオクラ自動車の本社ビルだということ。

ショールームも兼ねているとはいえ、会社ひとつでこの大きさとは圧倒される。

腰が引けてしまいながらも、恐る恐る建物へ足を踏み入れると、そこには広々としたロビーがあった。

高そうなスーツを身にまとったサラリーマンや、商談に来た様子の外国人、美人なOL集団……私服姿の自分に居づらさを感じてしまい、ロビーの端のベンチに腰をかけた。

大倉さん、そのうち来るかな。それとも、『着いたよ』ってひと言メッセージを送るべきだろうか。

吹き抜けになったロビーの天井を見上げ考えていると、奥のエレベーターがポンと音を立てた。

ぞろぞろと人が降りてくる中、大倉さんがいるのが見えた。

見慣れたスーツ姿に茶色い鞄、首からは社員証を下げている。ちょうどあがった時間らしい。タイミングばっちりだ。

「大倉さ……」

「あっ、大倉社長！　待ってくださいよー！」

彼の名前を呼ぼうとするけれど、背後から来た女性たちの声にかき消されてしまう。見れば、もうひとつのエレベーターから出てきた若い女性たちが、大倉さんを追いかけている。

「これから飲みに行きませんか？　近くにいいお店見つけたんです」

「悪いが先約がある」

「えー。大倉社長ってばいつもすぐ帰っちゃうじゃないですか、たまには社員と親交を深めましょうよ！」

きっと彼女たちは大倉さんに好意を寄せているのだろう。けれど大倉さんは相変わらずのドライっぷりであしらう。

それに負けじと、半ば強引に彼の袖を掴む女性たち。その近い距離に胸がチクリと痛んだ。

するとその時、なにげなくこちらを見た大倉さんと目が合う。

「星乃。来てたか」

彼は私を見つけてすぐさま近づいた。

「……お疲れさま」

「お疲れ。わざわざ来てもらって悪かったな」

私の頭をぽん、となでる大倉さんの仕草に少しきゅんとしてしまう。ところが、一方ではそれまで笑顔だった彼女たちの顔が驚きゆがむのが見えてギョッとしてしまう。

「あれ、大倉社長そんなところでどうされたんですか？　見慣れない女性も連れて……あっ、もしかしてそちらが例の彼女さんですか？」

そこに後からやって来て、割って入るのはつり目に茶髪の細身の男性。その声から、昼間大倉さんの電話に割り込んだ人なのだろうと察する。

まだ若そうだけれど、質のいいスーツを着ている見た目から察するに、大倉さんの秘書といったところだろうか。

そんな彼に、私は首を横に振り否定しようとする。

「いえ、彼女っていうか……」

「あぁ、俺の婚約者だ。いずれ結婚する」

「は⁉」

ところが、私の言葉を遮るように大倉さんが言ったのは『婚約者』のひと言。

その発言に、私以上にその場にいる人々、さらには話が聞こえたらしい通りがかった人、全員が驚き大倉さんを見た。

……自分の会社の人にはなにも話していなかったんだな。

驚きや疑いの声でざわめき出すエントランスに居心地の悪さを感じていると、秘書の彼だけは喜ばしそうに表情を明るくした。

「そうなんですか⁉　じゃあ、早急に社内でもお祝いを……あっ、挙式はいつですか⁉　どちらの会社を招待しましょうか⁉　はっ、ご挨拶が遅れてすみません！　僕は大倉社長の秘書を務めさせていただいております、村上《むらかみ》で……」

そう挨拶をしながら握手を求めようとする彼に、大倉さんはすかさずその手を払いのける。

「人の女に触るな」

「あっ、すみません！　さすがの大倉社長もヤキモチ焼いちゃいますよね！」

口を尖らせ言う彼に、大倉さんはじろりと睨む。

村上さんは悪気や嫌みなどいっさいなく言ったのだろう。なぜ睨まれたのかもわからなそうに首をかしげた。

ヤキモチ……。大倉さんって、やいたりとかするタイプなのかな。表情に出ないからわからないけど、もしそうだったらうれしい……って、なんで！

ハッとして見れば、その場にいる女性たちは先ほどまでの笑顔とはうってかわって、睨むような目をこちらへ向けている。

こ、怖い……！

うちの会社も女性が多くていろいろ確執はあるけれど、ここまで露骨に態度に出されると驚いてしまう。

「えー？　結婚って本気で言ってます？　大倉社長ならもっといい人見つかるんじゃないですかぁ？」

「そうですよ。焦って妥協とかしちゃダメですよ～」

笑顔で言った彼女たちの目は笑っていない。

本人を目の前にして堂々と言うなんて……すごい神経だ。チクチクと刺すような言葉に耳が痛い。

けれどそう言いたくなるくらい、大倉さんはやはりモテるのだろう。

「ま、まぁまぁ！　あっ、皆さん、もしよければ今日秘書課のメンバーと一緒にごはん行きません？　イケメンも連れていくんで！」

「えっ、いいんですか？　さすが村上さーん」

そのぎすぎすとした空気に、さすがの村上さんもまずいと察したらしい。そう言って女性たちを連れてその場を歩きだす。

一瞬ちらりとこちらを見ると『あとは任せてください』というかのようにうなずい

てみせた。

「彼、よくできた秘書ね」

「あぁ。普段はド天然だけどな」

大倉さんの言葉に「ふふ」と笑っていると、彼はそんな私を見てぽん、とまた頭をなでた。

「なに？」

「いや、気分を悪くさせて悪かったな。彼女たちにはよく言っておく」

それは先ほどの彼女たちの発言を言っているのだろう。

『大倉社長ならもっといい人見つかるんじゃないですかぁ？』

その言葉を思い出すと、胸がまたチクリと痛む。けれど、それを隠すように笑ってみせる。

「別にいいわ。社長直々に注意なんてされたら大ごとになっちゃうし、せっかく村上さんがうまく場を収めてくれたんだから」

気にしないで、と笑う私に、大倉さんはなにかを言いたそうな、けれど自分自身を納得させるように言葉をのみ込むと、私の頭をぐしゃぐしゃとなで回した。

大倉さんと会社を出て、車で十五分ほど走り、やって来たのは恵比寿《えびす》にある住宅街だ。

立派な家やマンションが立ち並ぶ、閑静な住宅街。その中でもひと際目立つ立派な高層マンションに大倉さんはごくあたり前のように入っていくと、車を止め、建物内へ踏み込む。

入ってすぐのエントランスは、真っ白な床に黒い壁とモノトーンの配色でスマートな高級感を感じさせる。

制服姿のコンシェルジュに出迎えられ、大きなエレベーターに乗り込むと、彼は二十五階まであるうちの「23」のボタンを押した。

しばらくして到着した二十三階で、長い廊下を歩くと、ひとつのドアの前で足を止めた。

茶色いドアの鍵を開け中を見れば、ホコリひとつ落ちていない廊下がある。

用意されたスリッパに足を通し、廊下を抜ければ、広々としたリビングダイニングが広がっていた。

三十畳近くはあるだろうか、ひとり暮らしには十分すぎるほどゆとりのあるその部屋には、黒いテーブルに白いソファ、ブラウンのラグマットとシンプルながらもセンスのいい家具が置かれている。

それらにテレビと、最低限のものしかない部屋の中で、大きな窓から見える東京の夜の街並みが、まるで一枚の絵のようだ。

「お、大倉さん……ここ、家賃いくら……!?」

「家賃？　そうだな……」

「あっやっぱり言わなくていい！　聞きたくない！」

聞こうとしたはいいものの、自分との差を余計感じてしまいそうで、私は慌てて耳を塞ぐ。

私が住んでいるようなマンションではないだろうとは思っていたけれど、これは予想以上の部屋だ……。

「適当にくつろいでくれ。今コーヒーでもいれる」

そう言って、大倉さんはスーツの上着を脱ぐと、袖をまくりながらキッチンのほうへと向かう。

遠くから見た感じは、キッチンも整理されている様子だ。

「部屋、綺麗にしてるのね」

「ほとんど寝に帰る程度だから簡単な掃除でなんとかなる。月に一度ハウスキーパーも頼んでるしな」

そういえば以前そんなことを言っていたっけ。

私の部屋より断然少ない回数だ。女なのに情けない。

私みたいなのと結婚なんてして大丈夫なんだろうか。なんて、無意識に考えた自分に驚いた。

……な、ないない。結婚なんて。

さっき大倉さんの会社の女の子たちだって言っていたじゃない。

そう。立派な会社の社長で、仕事もできるだろうし、人望もあるだろう。こんな立派な家に住んで、それでも驕ることなく彼自身もしっかりとした人だ。

親の命令だとしても、できすぎて私の結婚相手にはもったいない。

心の中でつぶやくほど、先ほどよりいっそう強く、胸の痛みを感じた。

バッグを部屋の端に置いて、窓際へ立ち、そこから広がる夜景を見る。住宅街やビル、商業施設などの明かりがキラキラと輝くその景色は、高さのない私の部屋からは見えないものだ。

それがまた、彼を別世界の人に思わせる。

「星乃？　どうかしたのか？」

背後から呼ばれて振り返ると、カップを手にした大倉さんが不思議そうにこちらを見ていた。

いれたてのコーヒーのコク深い香りが室内に漂う中、彼はテーブルにカップをふたつ置く。

「立派な家だと思って。景色も素敵ね」

「そうか？　俺は星乃の家も生活感があって落ち着くけどな」

小さく笑って言いながら、自分のことをひけらかしたり、自分と比べて否定をしたりしないところが、大倉さんらしい。

最初に会った頃より雰囲気もやわらかくなっている気がするし、正直、欠点や文句のつけどころがない。

「大倉さんはすごいのね」

ぼそ、とつぶやいた言葉に、大倉さんは不思議そうな顔でこちらを見る。

「優秀で、しっかりしてて、会社でも立場がある。そんなあなたなら、ほかにいくらでも相手を見つけられると思うけど」

少し嫌みっぽい言い方になってしまったかもしれない。けれど、これは今の私の本心だ。

あなたは、すごい人。だから、恩なんかで私を選んでいいのか、率直に問いたい。

「すごいのは、俺じゃない。周囲だ」

「え?」

周囲……? その言葉の真意がわからず、今度は私が不思議そうな顔をしてしまう。

すると大倉さんは私の隣に立ち、同じように窓の外を見つめた。

瞬きの少ないその瞳からは、感情が読めない。

「社長という立場にいた父親、俺を今社長として認めてくれた会社、支えてくれる社員……俺は、いつでも恵まれてるだけだよ」

そう言って、「それに」と言葉が続けられる。

「今俺がそんな環境にいられるのも、澤口さんがいたからだ」

お父さんが……?

話の続きを促すように大倉さんを見ると、薄いその唇は一瞬ためらい、意を決したように開かれた。

「うちはもともと父子家庭だったんだが、親父は俺が子供の頃から仕事ばかりでな。たまに夕飯をともにするくらいで、滅多に一緒には過ごせなかった」

「えっ、じゃあいつも家にひとりで?」

「家にはハウスキーパーもいた。けど、友達から親と出かけたとか聞くたびうらやましかったな。親には言えなかったが、寂しかった」

親に見てもらえない寂しさ。それは幼い頃の自分の気持ちに重なる。

「けど、そんな中出会ったのが、父の友人であり取引先の社長の澤口さんだった」

「お父さんが、大倉さんのお父さんの友達?」

私自身はなにも聞いていなかっただけに、ここで父の名前が出てきたことに驚いた。

「澤口製作所の工場は実は当時俺が住んでいた家の近くでな。たまたま学校帰りに顔を合わせるうちに仲よくなって、それが父親の友人だと知ったときには驚いた」

「へぇ、すごい偶然」

「澤口さんはいつも俺に気さくに話しかけてくれて、いつしか俺も学校帰りに工場に寄ってその日のことを話すのが日課になっていた。時に笑ってくれて、叱ってくれる。そんな澤口さんを、まるで本当の父親みたいに感じてたし、その気持ちは今も変わらない」

それは、大倉さんが胸の内に寂しさを感じていたからなのかもしれない。

それにうちには女子しかいなかったから、お父さんも息子ができたようでうれしかったのだろうとも思う。

そんな昔のことを思い出すように、大倉さんは小さく笑う。

「向き合ってくれた澤口さんがいたから、変にひねくれたりせず今の俺がある。感謝してても、しきれないんだ」

遠くを見つめるように細められた目。誠実な横顔から、その言葉は真剣な気持ちから発せられたものなのだと察することができた。

ふたりの間に、そんなことがあったんだ。

大倉さんが私との結婚を提案したのは会社のためだけではなく、その恩義のようなものがあったからなのかもしれない。

そこまで支えてくれた人の頼みだ、結婚話のひとつで返せるならということなのだろうか。

そして、それと同時に以前彼が話してくれた夢の理由も。あの頃自分を支えてくれた私のお父さんを今度は自分が支えたい、という願いからだったんだ。

……けど。

私は両手を伸ばし、少し高い位置でその顔をガシッと、掴むとやや強引にこちらを向かせる。

「そんな言い方しない。たしかに周囲にも恵まれたかもしれないけど、大倉さんだってがんばったんでしょ」

目と目をしっかりと合わせて言った言葉に、彼は驚いた顔をしてみせる。

「環境に甘えずがんばったから、だから今があるんでしょ。それはすごいことなんだから、自分の努力を否定しちゃダメ」

自分を見てくれた人へ感謝の気持ちを返したくて、勉強をして、会社を継いで社長という役職につくまでになった。

どんなことが動機だって、今の大倉さんは、これまでの大倉さんががんばった成果だってことには変わりないから。

『すごいのは俺じゃない』なんて、否定しちゃダメだよ。

「大倉さんは、すごいよ」

その言葉とともに、自然と笑みがこぼれた。

それは、私の胸の中にある本当の気持ち。

あなたは、すごい人。

努力の、人。

そう伝わってほしいから。

「なんて、私に言われてもうれしくないかもしれないけど」

へへ、と笑ってその頬から手を離した。すると大倉さんは、突然こちらへ手を伸ばして体をそっと抱き寄せる。

「わっ、大倉さん⁉」

い、いきなりなにを……！

戸惑い逃げようとしてしまうけれど、離さない、とでもいうかのようにその腕はしっかりと私を抱きしめる。

「星乃の真っ直ぐさは相変わらずだな」

耳のすぐそばで低い声が響いて、胸をどきっとさせる。

「星乃のそういうところが、愛しい」

心からそう思っているようにやわらかな声を出すから、それ以上抵抗はできず、彼の胸に身を委ねた。

愛しい、なんてそんな言葉反則だ。

優しい声で甘いことを言われたら、恩だとか父の存在だとか、そういうことが頭から抜けてしまう。

もしかしたら、その心にあるのは恩だけじゃないのかも、なんて都合のいいことばかりを考えてしまう。

図々しいのはわかってる。けど、この腕の心地よさに浸ってしまう。

するると大倉さんは少しだけ腕の力を緩めたかと思えば、首もとに顔をうずめ、首筋にそっとキスをした。

「ん……」

ぞくっと感じるくすぐったさに思わず声を漏らすと、唇は上へ上る。

左手は私の腰を抱き、右手は頬に添えられる。

「……星乃」

低い声で名前をささやいて、耳を軽く甘噛みした。その感覚に「ひゃっ」と高い声が出た。

「男の部屋に来た、ということはなにをされても文句言わないな?」

「へ?」

なにをされても、って……いや、それは待って!

その言葉にふと我に返り、私は彼の体を思いきり離す。

「ちょ、ちょっと待って! そういうのは、あの、なんというか!」

仮の恋人というこの状況でそういう関係に進むのはよくないと思う!

心の準備もできていないし、と真っ赤な顔で慌てると、彼からは「ぶっ」と噴き出す声が聞こえた。

……あれ、今、噴き出した？

見れば目の前の彼は、右手で自分の口もとを隠しながら、肩を震わせ必死に笑いをこらえている。

「……意外とピュアだな」

彼の反応と言葉から、自分がからかわれたことに気づいた。

ピュアって……しかも意外とってなに！

「なっ……もう！　バカにしないで！」

怒ってその胸をどん、と叩こうとするけれど、その動きひとつもお見通しらしい彼に、いとも簡単に受け止められてしまう。

悔しい、と真っ赤な顔で睨むと、それがまたおかしいようで、いつも無愛想な顔をくしゃくしゃにして子供のように思いきり笑った。

「食事にしよう。なにか作る」

「大倉さん、料理できるの？」

「たぶん星乃よりはな」

からかうように言って笑う彼と、口を尖らせ拗ねる私。

ふたりの関係は、出会ったあの日とは変わった。
ドキドキとしたときめきと、温かな愛しさを感じている。
それはきっと、あなたにだから抱く心。

理性を脱がせて

大倉さんの家に行った日、私は彼の手料理を食べて、ふたりでＤＶＤを観ながら少しゆっくりして……日付が変わる前には帰宅した。

なんとも健全な家デート。だけど、初めて聞いた話に、彼の心の中まで知ることができたようでうれしかった。

ひとつひとつ、もっと知っていきたい。

もっと近くにいたい。その胸の中の、うれしさも切なさも、知りたい。

どんどん欲が増えていく。

よく晴れた水曜日の朝。今日もまた、会社前の道路で車が止められる。

大倉さんが家に迎えに来ることにも、こうして送ってくれることにももうすっかり慣れ、私は普通の顔でシートベルトをはずした。

それを合図に大倉さんは車を降りると、こちらへ回り助手席のドアを開けた。

「ねぇ、いい加減にそれやめてよ。恥ずかしい」

不満を漏らしながら降りる私に、彼は平然とした顔でドアを閉じる。

「じゃあ、また夜迎えに来る」

「はいはい。今夜もいいお店探しておいてよね」

「あぁ。楽しみにしておけ」

そう言って、近づく顔。その距離から、彼が頬にキスをしようとしていることを察し、私はバッグでその顔を防いだ。

「……学んだな」

「そりゃあ、いい加減にね」

ふふんと鼻で笑って「じゃあね」とその場から歩きだす。

今日は私のほうが一枚上手だった。誇らしげにちら、と振り向くと、こちらを見つめる彼は心なしかうれしそうだ。

……なんで、だろ。いつでも私のほうが、転がされている気分だ。

悔しいような、そんな表情が嫌いじゃないような。複雑な気分だ。

そんなことを考えながらエレベーター待ちの人々の列に並ぶと、そこに立っていた米田さんは胸焼けしたような苦い顔をしている。

「おはようございます。どうかしました？」

「いや……出社早々に朝からイチャついてるカップル見かけて胸焼けが」

お前らのことだよ、とでも言いたげにじろりとこちらを見るその目に、恥ずかしさから頬が熱くなる。

「べ、別にイチャついてなんてないです」

「へぇ。あれがイチャついてない、ねぇ」

その言葉に『そうは見えないけど』と付け足したいというようなニュアンスが感じ取れた。

「けど、前に見たときより仲よくなってるよなぁ」

「仲よく、ですか？」

「あぁ。澤口の表情が違う」

私の、表情が……。

たしかに、以前ほど彼を拒む気持ちはない。むしろ、どんなときも受け入れてくれる彼に安心感を抱いている。

過去のことを話してくれたことも、うれしかった。なんて、そう思うのはどうしてだろう。

彼の部屋で見た笑顔を思い出して、それ以上否定できずにいる私に、米田さんはなにかを察したように言う。

「なんだかんだ言って、この分だと結婚も遠くないなー」

『結婚』。私と、大倉さんが……。

自分の中で拒む理由がないのなら、受け入れてしまってもいいのかもとも思う。……だけど。

「……迷って、るんです」

結婚は、大倉さんが望んでいることではない。正しくは、大倉さんが恩を感じている、私のお父さんが望んでいること。

そう思うと、素直にうなずくことはできない。だけど、断ることも今さらできない。

「あの、米田さん。始業前にちょっとコーヒー飲んで行きません？　話したいことがあって」

「へ？　いいけど」

迷う気持ちから、誰かの冷静な意見が聞きたくて、私は自分と大倉さんのこれまでの経緯を米田さんに話すことにした。

さすがにここでは人の耳にも入ってしまうし、話しづらいことから、私はエントランスにあるカフェを指差し米田さんを誘う。

不思議そうにしながらも付き合ってくれる彼に、ふたりはエレベーター前を離れてカフェへと入っていった。

それぞれにホットコーヒーを飲みながら、カフェの端の席で私はこれまでの大倉さんとのことを正直に話した。

父の会社と大倉さんの会社が取引先であることから、彼は私にプロポーズをしてきたこと。

彼は父へ恩を感じていること。

だからこそ、どんなワガママにも応えてくれること。

「……はぁ？」

すべてを聞き終え、彼は意味がわからなそうに間抜けな声を出した。

「なんだそれ……それでプロポーズ？　つーかお前の親社長なの？　すごくないか？」

「いや、そういうことじゃなくて」

そもそも父親が社長だという話を知らなかった米田さんは、ただただ驚く。

その反応を見ながら、私はホットコーヒーをひと口飲むと、話を続けた。

「大倉さんとの経緯は今話した通りで……だから、このまま結婚していいのかなって、迷ってるんです」

最初の気持ちのままだったら、こんなふうに迷ったりしなかった。

だけど今は、彼の優しさや温かさを知ってしまったから。

拒むこと、跳ねのけることが、できない。

そう迷いを吐き出す私に、米田さんはコーヒーを片手につぶやいた。

「俺が澤口の立場だったら、結婚しない。そこまで迷う理由も正直わからないな」

「え……?」

「会社と恩人のために結婚なんて、悪い理由ではないけどさ。けどそれって、澤口のことが好きなわけではないだろ」

私のことを好きなわけではない。米田さんの冷静なその言葉が胸にずしりと響く。

「澤口と相手をつないでるのは父親の存在だ。ということは、もし今後なにかがあって父親が『別れろ』って言い出したら、相手はすぐ離れていくってことだ」

……そっか。そうだよね。

彼が私といるのは、自らの意思じゃない。

わかっていたつもりだけど、米田さんの言葉に改めて思い知る。客観的に見た人からの言葉だからこそ、真実だ。

お父さんが困っていたから、彼は私にプロポーズをした。

会社のためにもなるし、恩人への恩も返せるから。だからワガママも聞くし、どんな態度にも甘い言葉を返す。

抱きしめた腕だって、そのための作戦かもしれない。

すべては、会社と恩人であるお父さんのため。

……私のためじゃ、ない。

「……そう、ですよね」

ぼそっとつぶやく自分の声があきらかに落胆しているのが自分でもわかった。

「別世界の男に熱心に言い寄られて心が揺れるのもわかるけどさ、少し冷静になれよ」

そう言って、米田さんはコーヒーを飲み終える。するとちょうどそこに通りがかった上司に呼ばれ、その場を後にした。

ひとり残された席で、コーヒーのカップを見つめながら米田さんの言葉を思い巡らせた。

大倉さんは、私のことを好きなわけじゃない。

わかってるよ。その胸にある気持ちは私に向けられたものじゃないくらい。

抱きしめる腕も、優しい言葉も、根底にあるのは私への愛じゃない。

なのに、何度だって勘違いしてしまう。それどころか、日を増すごとに都合のいい考えが頭に浮かぶ。

本当は、もしかしたら。私を思ってくれているんじゃないか。私を見てくれているんじゃないか。

そんなことを考えてしまう。望んで、しまうんだ。


すっきりとしない気持ちのまま一日仕事に追われ、あっという間に定時を迎えた。

「お疲れ」

「……お疲れさま」

今日もまたエントランスまで迎えに来た大倉さんの顔を見ると、今朝の米田さんの言葉を思い出してしまい、胸がズキッと痛んだ。

けれど、それを隠して口角を上げてみせる。

「いい店、とやらは見つかったの？」

「あぁ。もちろんだ」

それに気づくことなくうなずく大倉さんとともに、いつものように車に乗る。

そして少しの時間走り止まった先で車を降りれば、目の前には五十階はあるだろう大きな建物がそびえる。

『ハイグレードパーク東京』というそのホテルは、私でも知るくらい有名な高級ホテルだ。

四百近くある客室に、レストランや婚礼・宴会用ホール、スパにフィットネスを備え、アメニティひとつひとつも有名ブランドを使用するこだわりを見せることで国内外の芸能人やセレブに人気だ。

ちなみにスイートルームは一泊数十万と聞いたことがある。

大きなシャンデリアが輝きまぶしいくらいのロビーで、私は唖然と周囲を見渡した。

私には縁がなさすぎて、別世界……。

まるで漫画やドラマのセレブの世界。けれどそんな中でも、スーツ姿の大倉さんは見劣りすることなく、むしろ似合うくらいだ。

一方で、薄手のブルゾンを肩にかけた私服姿の私は、この空間で完全に浮いている。

「ちょっと、今日私、普段着なんだけど……」

「ここのレストランはカジュアルで大丈夫だ。そこまで浮いてもいない。星乃のあの寝巻きだったらまずいが」

「ほっといて」

悪かったですね、毛玉がついてよれた、女子力のかけらもない寝巻きで。

大倉さんをじろりと睨んでから、横目で辺りを見ると、いかにもブランド物といった服に身を包んだ女性たちがこちらを見ている。

「ねぇ、あの人超かっこいい」

「本当だ。けど連れてる子、微妙じゃない？」

本人たちはひそひそと話しているつもりなのだろう。けれどその声はしっかりとこちらまで届いている。

すると大倉さんは、歩きながら自然な手つきで私の肩を抱いた。

「安心しろ。星乃が一番かわいい」

「は⁉」

って、なんの話⁉

一瞬意味がわからなかったけれど、彼の言葉に慌ててその場を去る女性たちが見え、今のは彼女たちの発言に対してだったのだと気づいた。

『一番かわいい』なんて……普通の顔で言えてしまうから、また困る。

そういう仕草や言葉が、私をさらに勘違いさせる。

それから案内されたのは、四十八階にあるフレンチレストラン。ゴールドと赤を基調とした高級感あふれる店内を奥に進むと、六人掛けの個室へと通された。

正面には大きな窓があり、東京の夜景がよく見えるいい席だ。

これはまた、高そうな席……。

このお店自体高そうなのに個室となればさらにだろう。たしかに『いい店』とは言ったけど、よかったのだろうか。

そう心の中で悩みながら、席に着く。

「個室なら、星乃も周りの視線が気にならないだろう」

「え？」

それは、私のことを思ってこの席を選んでくれた証。

彼はきっと、自分や私が周りにどう見えているかなんて気にならないのだと思う。けれど、私は気にしてしまうほうだとわかっているから、こうして、ふたりゆっくりできる席を用意してくれた。

その気遣いが、ちょっとうれしい。

本当に、なんでもお見通しだ。

「お食事はコースでお持ちいたします。お飲み物はお決まりですか？」

ウエーターからの問いかけに、大倉さんは縦長のメニュー表を私に差し出す。

「俺はミネラルウォーターで。星乃は？」

「白ワイン、辛口で。お任せでお願いします」

メニューを見ても横文字でよくわからない。お任せしちゃおう。

注文を受けたウェイターがその場を後にすると、個室にふたりきりになり、ふと気づいた。

「ねぇ、大倉さんいつもノンアルコールだけどいいの？　たまには飲みたいときとかない？」

「ない。いっさいない」

ばっさりと即答されてしまった。

けど、あれ……この反応はもしかして。

「もしかして、お酒苦手？」

問いかけると、大倉さんは無言で顔を背ける。

あ、図星なんだ。

車だから飲まないのかとも思ってたんだけど、そうじゃなくてそもそもお酒が苦手なんだ。

大倉さんのこの見た目で、お酒が苦手……意外すぎる。そう思うと、こらえきれず、つい「ぷっ」と噴き出してしまった。

そんな私の反応に、大倉さんは少し恥ずかしそうにこちらをじろりと睨む。

「あはは、ごめん。だって意外すぎて」

「そんなに意外か？」

「うん。だってワインどころか日本酒だっていけます、って顔して苦手って！ギャップありすぎ」

恥ずかしそうに不機嫌になる表情がまたかわいくて、いっそう笑ってしまう。

初めて知る苦手なもの、初めて見る恥ずかしそうな表情。

それらに、また彼のことを知り近づけた気がする。縮まる距離が、うれしい。

それから運ばれてきたグラスを手に取り、ふたりで軽く乾杯をした。

そのうち運ばれてきた前菜は、白いお皿におしゃれに飾られた、アボカドとサーモン。そこにトマトジュレのソースが円を描くようにかけられていて素敵だ。

それをひと口食べると、向かいの大倉さんをちら、と見た。

器用にナイフとフォークを使いこなす、その仕草ひとつにも品がある。

テーブルマナーも慣れてるなぁ。

仕事の付き合いとかで食事に行くのかな。それとも……以前付き合っていた人と来た、とか？

そんなことを考えてしまい、胸がチクリと痛くなる。

……そういえば私、大倉さんの恋愛関係の話もなにも知らないや。

あなたのことが、もっと知りたい
その目に映るのが、私じゃなくても。

「大倉さんは、これまで彼女とかいたの？」

「……なんの話だ、いきなり」

「いいでしょ。知りたいの」

じっと見て答えを待つと、大倉さんは答えづらそうに頭をかいて、口を開く。

「何人かは、いる」

「へぇ、一番最近は？」

「一年くらい前に別れたきりだ」

結構時間空いてるんだ。どんな人だったのとか、どれくらい付き合ったのとか、詳しく聞きたい気もするけれど、あまり根掘り葉掘り聞くのもどうかと思い、質問をしぼることにした。

「どうして別れたのか、聞いてもいい？」

その質問に、大倉さんは『人の恋愛話になるとグイグイくるな』、と言いたげにあきれたように笑う。けれど、私が引き下がらないと感じたのだろう。あきらめたように話した。

「いつも『気持ちがわからない』と言われて終わる。『嫌われてはないだろうけど、自分を好きで付き合ってくれてるとは思えない』、と言われたこともあるな」

気持ちが、わからない。それは彼が無愛想で感情がわかりづらいからだろうか。それとも、ほかにもなにか理由がある？

「大倉さんは、その人のこと好きだった？」

ぼそっと尋ねると、大倉さんはそんなことを聞かれるとは思わなかったように少し驚く。そしてなにかを考えてから、首を横に振った。

「……好き、ではなかったのかもな。思えば、本当に心から愛しいと感じられた相手は、過去にひとりしかいない」

過去に、ひとり。

その言葉に、胸の奥をぎゅっと締めつけられる苦しさを感じた。

心から愛しさを感じるような、そういう人が彼にもいたんだ。

過去にひとりということは、私に対しての気持ちも違う？

そう思うと苦しくて、出そうになった言葉をのみ込むように勢いよくグラスの中身を飲み干した。

「ワイン、お代わり」

「そんなに勢いよく飲んで大丈夫か？」

「大丈夫。いちいち口出さないで」

モヤモヤと、チクチクとしたこの気持ちを、お酒で流してしまいたい。

過去に愛しさを感じた人って、どんな人？　じゃあ、私にはどんな気持ちを抱いているの？

そう聞きたくて、聞けなくて、言葉をのみ込んだ。

こんなに苦しいのは、切ないのはどうしてだろう。

なんでこんなに、その言葉を嫌だと感じるの。

そんな思いを紛らわせるようにワインを飲んではお代わりを繰り返し……『大丈夫なのか』と制止する彼の言葉を聞かずに続けた結果、ディナーを終える頃には私はフラフラになっていた。

「だから何度も止めただろ」

「うるさい……どうせあとは帰るだけだし！　平気！」

あきれ顔の大倉さんに強い口調で言うと、膝にのせていた紙ナフキンを雑にテーブルに置き、席を立つ。

ところが、自分で思う以上に酔いは回ってしまっているようで、私の体はぐらりとうしろへよろける。

「おっと」

大倉さんはすかさず腕で肩を抱き、受け止めた。

「平気、ではなさそうだな」

うるさい、と反論したいけれど自力で立つ気力すらなく、彼の腕に支えられたまま寄りかかる。

すると大倉さんは、そのまま私の体をお姫様だっこの形で持ち上げた。

「ひゃっ、いきなりなに……」

「歩けないんだからしかたない。車までこのまま連れていく」

このまま、って……！

こんな格好、恥ずかしい。持ち上げられることで体重だって知られてしまうし、正直降りたい。けれど、有無を言わさぬようにその腕はしっかりと私の体を抱えている。

悔しいけど、安心する。

彼の体温に触れ、こみ上げるのはドキ、というときめきと安心感。……そして、気の緩みと酔いからくる、強烈な吐き気。

「……うっ、気持ち悪い」

「は!?」

「吐く……気持ち悪い、吐く」

一気に吐き気に襲われ、意識が遠のいていく。

けれど、その間も彼の腕がしっかりと私を抱きかかえてくれている体温を感じた。

心地、いい。大倉さんの香りが、優しい手が、安心するなぁ。

穏やかな気持ちに、なっていく。


目を覚ましたときには、ふわふわとした感触に包まれていた。

「ん……」

見れば、やわらかなベッドの上、シーツに包まれている。

ここ、どこ……。

ぼんやりとした頭で、もぞもぞと体を起こせば、そこは自宅とはまったく違う部屋。窓から夜景が見える中、白い横長のソファと茶色いテーブル、奥にはダイニングテーブルのようなものもある。クリーニングしたてのような、清潔感のある香りに、生活感は感じられない。

「起きたか?」

「あ、大倉さん……」

洗面所があるらしい奥から出てきた大倉さんは、ジャケットを脱ぎネクタイもほどいている。珍しくラフな姿だ。

「ここは……?」

「ホテルに無理を言って部屋を急きょ取った。吐きそうだと言っている相手を車に乗せるのもどうかと思ってな」

そうだったんだ……。気を使わせちゃった。

そう思いながら辺りを見ると、ここがおそらくスイートルームだろうと察した。急きょでこのグレードの部屋をとれるあたりがまたすごい。

「水飲むか?」

「うん、飲みたい」

大倉さんはうなずくと、冷蔵庫から水の入ったボトルを一本持ってきてくれた。それを受け取り、よく冷えた水をごくりと飲むと、すっきりした。

ふぅ、とひと息つく私の様子を見て、大倉さんはベッドサイドに置かれた椅子に腰を下ろす。

「もう少し飲み方を考えろ。ほかの男の前でやったら思うツボだぞ」

う……。たしかに、少し大人げない飲み方をしてしまったかも。だけど、そもそもは大倉さんの発言から湧いたモヤモヤを吹き飛ばしたかったからで……。

そう心の中で言い訳をしながら、言葉を選ぶ。

「悪かったわね。けど、大倉さん以外の人の前ではもっと控えめに飲むもの」

ほかの人の前では、ここまで油断なんてしない。

その私の言葉に、彼は少し驚いた顔をして私を見た。

「それは、どういう意味に受け取っていいんだ？」

そして大倉さんは立ち上がると、こちらへ近づき、体を屈ませベッドに手をついた。

目の前に迫る彼から真っ直ぐに向けられる視線から、逃げられない。

「どういうって……その」

返す言葉もしどろもどろになってしまう私に、大倉さんは顔を近づけ、そっと額と額を合わせる。

鼻の先が触れるほど距離は近く、少し動けば唇も触れてしまいそう。

肌にかかる熱い息が、余計に心拍数を上げる。

「俺は無茶な飲み方をしても手出ししないだろうと舐められているのか。……それとも安心してくれてる、特別視してくれてると、自惚《うぬぼ》れてもいいか？」

安心感、特別視。

どうしてそんなにも、私の心の中を言いあててしまうの。

これ以上胸の内を知られてしまうのが恥ずかしくて、その目を見られずに、視線をはずす。けれど、それでもまだ彼は逃してはくれない。

右手はベッドについたまま、左手でそっと頬をなでる。

「キス、してもいいか？」

低い声がささやくひと言に、胸はドキ、と一段と強く揺れる。

「だ、ダメに決まってるでしょ」

「なんで？　恋人だろ？」

ダメに決まってる。だって、大倉さんが見ているのは私じゃない。一緒にいる理由は、お父さんへの恩。

それを忘れてしまわぬように。

これ以上この心が勘違いをしてしまわぬように。

「それはお試しっていうか、その」

けれど、それ以上の言葉を遮るように唇は重ねられた。

一瞬触れてすぐ離れて、再び口づける、優しくやわらかなキス。それは彼からのたしかな愛情を感じさせて、全身から力が抜ける。

されるがまま、押し倒された体は再びベッドに寝転がる。

「……ん……」

漏れた声に、視界の先の彼が幸せそうに目を細めるのが見えた。

重なる唇、触れる肌に愛しさを感じる。

『ダメ』なんて理性をかき消す、ふたりきりのスイートルーム。

静かなその部屋で、彼とキスしながら思った。

彼となら、結婚してもいい。

ううん、彼と一緒になりたい。

それは妥協でも誰かの意見でもない。

私自身が、心の底から求めている。

終わりにしましょう

彼のキスに溶けるように、意識を手放した。

微睡《まどろ》みの中、抱きしめてくれている彼の硬い腕の感触だけはたしかに感じていて、その体温に愛しさを覚えた。

あなたとだから、一緒にいたい。

強く強く、そう思った。


まぶしい光にそっと目を覚ますと、窓際の白いカーテンは太陽に透けていた。

もう、朝……。

重い頭をゆっくり起こし室内を見回すと、ベッドから少し離れたところにあるテーブル席には、ノートパソコンを開きコーヒーを飲む大倉さんの姿があった。

大倉さんは私が起きた気配を感じたようで、こちらを振り向く。

「起きたか。おはよう、気分はどうだ?」

「最悪……」

「だろうな。二日酔いの薬用意しておいたぞ」

朝からひと仕事していたのか、パソコンを閉じると、彼は薬の箱を手にこちらへ近づく。

「ありがと」とそれを受け取りながら、彼の高そうな腕時計が六時を指しているのが目に入った。

「シャワー浴びてくるか？　それとも一度家に帰るか？」

「一度帰るわ。着替えと、化粧もしなきゃいけないし」

化粧も落とさずに寝てしまうなんて、不覚だ。すでにボロボロになってしまっているだろうし、一度落として、化粧をし直さなければ。そう思い私もベッドから下りようとした。

「じゃあ送る。今支度するから待ってろ」

すると大倉さんはそう言って、私の額にそっとキスをして、パソコンを置いたままのテーブルのほうへ戻っていった。

そんな彼のうしろ姿を見ながら、私はトイレへ入る。そしてバタン、とドアを閉じたと同時に、足からは力が抜けてへなへなとその場に座り込んでしまった。

ふ、普通に会話できてよかった……！

精いっぱい平静を装っていたけれど、正直限界だった。

大倉さんの顔を見ると、昨日のキスを思い出してしまって、恥ずかしさでいっぱいになる。

昨日のキス、夢じゃないよね？

本当に、私、大倉さんとキスしちゃったんだ……。

けど、そこから記憶がいっさいないから、きっと寝てしまったのだろう。大倉さんは、そんな私をベッドにきちんと寝かしてくれたのだと思う。

酔っていたとはいえ、キスを受け入れてしまうなんて。

だけど、それでようやく自分の気持ちがはっきりした。

私は、大倉さんと一緒にいたいと思った。

……大倉さんのことが、好きなんだ。気づいたら、こんなにも惹かれていた。

だけど問題は、この気持ちをどう伝えればいいのか。

素直に言うなんて、私の性格上無理な気がする。

でも、大倉さんもキスをしたってことは……少しは心を寄せてくれているということかな。

お父さんへの恩、それ以上の気持ちを、私自身に抱いてくれているのかも、なんて。

こうやってまた、自惚れてしまう。

「はぁ……」

深く息を吐きその場にうずくまる。手で触れた頬は熱く、きっと真っ赤になっているだろうと想像できた。


それから私は、自宅へ一度帰り、支度を終えてから会社へ送ってもらった。

大倉さんの支度は大丈夫なのかと聞いたら、彼は朝方にシャワーを終え、着替えも終えたとのこと。

さすがというかなんというか、仕事が早い。

「じゃあ、また明日。迎えに行く」

「……うん。ありがと」

そう言って手を振り、会社前で別れる。

去っていくその車を、どこか寂しく思いながら見送る自分に、大きな変化を感じた。

それから、いつものようにオフィスへ向かい、慌ただしく仕事に取りかかった。

早く、明日にならないかな。

大倉さんに、会いたい。

そう思うとそわそわして、落ち着かなくなる。だけど、その感情がうれしいようにも感じられる。

それから一日半ほどが経った、翌日の昼。ひと仕事終え、お昼ごはんにしようか、と思っていたところにスマートフォンがヴーと震えた。

電話……誰だろ。

見れば、画面には【着信　お父さん】の文字が表示されている。

お父さん？　なんの用だろう。

お父さんからの電話は、以前のこともあるし嫌な予感しかないけど。

そう思いながら通話ボタンをタップして電話に出る。

「もしもし？」

『おお、星乃。今昼休みか？』

「ちょうど入ろうとしてたところ。なにか用？」

余計な話をすることなく尋ねる私に、お父さんは『つれないなぁ』と言いながら本題へ入る。

『どうだ、佑とはうまくやってるか？』

「……別に。普通」

以前のように強く拒む言い方をしないあたりから、なにかを察したらしい。お父さんはうれしそうに笑った。

『なら今日食事しないか？　星乃と佑と、三人で』

「はぁ⁉」

って、なんでそうなる⁉

『ふたりがどれだけ仲よくなったのか知りたいんだよ。な』

「なに勝手なこと……」

『じゃ！　今夜七時集合で！　佑には俺から伝えておくから！』

お父さんは無理やり話をまとめると、電話を切ってしまう。

相変わらずの強引さ……！

こちらの都合なんていつもおかまいなしなんだから。

……でも、この流れなら言えるかな。

『大倉さんとの結婚を考えようと思う』って、前向きなこの気持ちを。

言えるか不安だし、緊張する。

私の言葉に、大倉さんはどんな反応をするかな。

驚く？　困惑する？

それとも、もしかしたら。

微かに膨らむ期待の中、彼の笑顔を想像して胸がときめいた。


その夜、エントランスには今日も大倉さんの姿があった。

最早慣れた光景に、以前のように『迎えに来るのやめてよ』と言うことはなく、私はいたって自然に大倉さんに声をかけた。

「お待たせ。悪いわね、今日。父がいきなり食事に誘ったりして」

「いや、いきなりかつ強引なところが澤口さんらしい」

きっと大倉さんのもとにも、『じゃ！　そういうことだから！』と父から威勢のいい電話が入ったのだろう。

大倉さんはそれを思い出すかのように小さく笑って、あきれ顔の私をなだめるように頭をよしよしとなでた。

まるで子供扱い。だけど、その優しい手がやっぱりうれしい。

心を穏やかにしてくれる、彼。だからこそ、一緒にいたい。

試しで、なんて形じゃなく、本当の恋人として。その心に寄り添いたい。

そう、いっそう強く思った。

それから大倉さんとともに車で向かったのは、父から指定された銀座にあるしゃぶしゃぶが有名な店。

近くのパーキングに車を預け、大通りから一本入ったところにひっそりとあるお店へと入ると、小さな店内で着物姿の女将さんが出迎えてくれた。

「澤口様ですね、奥のお部屋でお待ちです」

お店の奥に案内され、襖を開けると、畳が敷かれた個室の中にお父さんの姿があった。

「おお、星乃！　佑も、待ってたぞ」

白髪交じりの髪をオールバックにし、茶色いスーツに身を包んだお父さんの目の前には、すでにいくつかのおつまみと日本酒の入ったグラスが置かれている。

その光景にあきれた顔になる私の隣では、大倉さんが「こんばんは」と小さく会釈をした。

「お父さん……もう、さっそく飲んで！　お酒はほどほどにってお母さんから言われてるでしょ！」

「はは、その言い方母さんそっくりだなぁ。まぁ、とにかく座れ。お前たちも注文するといい」

笑って流すように言いながら、お父さんはメニュー表を差し出す。

それを見て、私は梅酒を、大倉さんはウーロン茶をと注文すると、それらはすぐ運ばれてきた。

「それでは、星乃と佑とお父さんに！　かんぱーい！」

早くも酔っているのか、上機嫌でグラスを掲げるお父さんに、私はため息をつきながらグラスを合わせた。

そのタイミングを見計らったように、女将さんはテーブルの上にお造りや天ぷら、茶碗蒸しなど豪華な料理を並べていく。

そんな中、お父さんは大倉さんのグラスに目を留めた。

「なんだ、佑は相変わらずお茶か！　つまらん男だな！」

「……そもそも飲めなくなったのも、澤口さんのせいですけど」

「えっ、そうなの？」

飲めない、という話はこの前聞いたけれど、原因がお父さんとは聞いていない。

首をかしげた私に、お父さんは「そうだったな！」と大きく口を開けて笑う。

「いやぁ、佑が二十歳になったとき、ジュースだといってカクテル飲ませたら酔っ払って大変でなぁ。以来トラウマで飲めなくなったんだ」

「大変って、どうなったの?」

「それがまさかのキス魔……むがっ」

大倉さんは慌てて手を伸ばし、テーブルを挟んだ向かいに座るお父さんの口を塞ぐ。

い、今『キス魔』って聞こえた気がするけど……。

恥ずかしそうに頬を赤らめる大倉さんは、それ以上私には聞いてほしくなさそうだ。

そう察して、それ以上問うことをやめた。

「澤口社長、余計なこと言わないでください」

「ははは、星乃の前ではかっこつけだなぁ」

けど、いつも余裕のある大倉さんをこんなふうに転がしてからかってみせるなんて……自分の父親ながら、すごい。

笑うお父さんに、バツの悪そうな顔をする大倉さん、という光景にしみじみそう思ってしまう。

感心していると、お父さんはグラスの中のお酒をひと口飲んで話を切り出す。

「で?　結婚話は進んでるか?」

「ええ、それなりに」

その問いに対して大倉さんは、照れることなくすんなりと肯定した。

よし、今がチャンスだ。言う、言うぞ。

『私、大倉さんとの結婚話、前向きに考えようと思う』、『だから改めて、よろしく』って。そう、自然に言ってみせるんだ。

「あ、あのさ！」

意を決して言うと、お父さんと大倉さん、ふたりの視線がこちらに向く。

「私、私……あの、その」

よし。言うんだ。がんばれ私！

「わ、私……とっ、トイレ行ってくる！」

そう言うと、私はすぐさまその場を立ち上がり、足早に個室を後にした。

あぁ、もうバカ！　私のヘタレ！

たったひと言だけなのに、言えない。それどころか逃げ出してしまうなんて。

気持ちを伝えることは、こんなにも勇気がいるのだと、初めて感じる。

「はぁ……」

そのまま逃げ込むようにやって来た女子トイレで、深く息を吐きながら鏡を見れば、そこには頬を赤くした自分の顔が映っている。

緊張でこんなに顔が熱くなるなんて……かっこ悪い。

こんなんじゃ、一生言えない気がする。

あの日、『結婚しよう』と言ってくれた彼も、こんなふうに緊張していたのかな。

表情に出ないからわかりづらいけど。もし、そうだったなら、うれしい。

私も、一歩踏み出す勇気を出さなくちゃって。そう、思えてくる。

私はトイレでひとりゆっくりと深呼吸をして、頬を冷ますと部屋へと戻った。

普通の顔、普通の顔……。

そう言い聞かせながら靴を脱ぐと、先ほど慌てて出ていったせいで戸が少し開いたままになっていることに気づく。

そこから、ふたりの声が聞こえてきた。

「それにしても、悪いな。うちの娘はどうもかわいげがないだろう」

「いえ。突っぱねられてばかりですが、かわいいですよ」

って……私のこと、だよね。

『かわいい』、なんて親の前で言ったりして。本当恥ずかしい人だ。

照れる半面うれしくもあり、つい聞き耳を立ててしまう。

「それに、言ったはずです。俺は、結婚することで会社と澤口さんのためになるなら、どんな相手とでも結婚する、って」

ところが、彼から発せられたひと言に浮かれる気持ちは一瞬で吹き飛んでしまった。

『結婚することで会社と澤口さんのためになるなら』

大倉さんのその言葉が、ぐさりと胸に突き刺さる。

会社のため。お父さんのため。

何度も何度も、胸の中で繰り返し、ようやく思い知る。

彼が言った『結婚しよう』という言葉に、緊張も勇気も含まれてなどいなかったことが。

だって、そこに彼自身の気持ちは込められていないから。

『好きなのはお前じゃないだろ』

先日の米田さんの言葉が今さらながらしっかり身に染みて、浮かれていた気持ちが一気に冷めていく。

わかっていたはずなのに、勘違いしてはいけないと、何度も言い聞かせていたのに。

それでも、期待していた。

そんな自分が恥ずかしい。情けない。惨めで、かっこわるくて、悲しい。

足が動かない。

喉が詰まったように、呼吸ひとつすらもうまくできなくなる。

すべてが、胸の奥でガラガラと音を立てて崩れていく。

少し時間をかけて息を深く吸い込んで、ようやく冷静さを取り戻した。

自分の立場を思い知るような、そんな言葉聞きたくなかった。

だけど、聞けてよかったとも思う。

浮かれた気持ちのまま、冷静さを欠いた判断をしなくて済んだ。

そう。私が選ぶべきものは、違う。

……戻らなくちゃ。

普通の顔で、なにもなかったかのように。席に戻って、言うんだ。

言い聞かせるように胸の中でつぶやくと、私は呼吸を整えて、戸をそっと開けると、何事もなかったかのように席に着く。

「お、星乃戻ったか。今ちょうど佑とお前の話をしていたところでな」

「へぇ、どんな話？」

聞いていた、けど知らないふりで笑ってごまかす。そんな嘘に気づくことなく、お父さんは上機嫌に話を切り出した。

「お前たちの仲もだいぶ深まっただろうし、いよいよ本格的に結婚や挙式の話を進めたほうがいいんじゃないかと思ってな」

私が来る前に、そんな話をしていたのか、それとも先ほどの話題をごまかすための嘘なのか。

どちらでもいい。私のするべき返事は、ひとつ。

「……やだなぁ、お父さんってば。私は大倉さんと結婚するつもりなんてないって、何度も言ってるじゃない」

それは、はっきりとした否定の言葉。

「えっ……そ、そうなのか？」

驚くお父さんの顔を見ながら、グラスを手にして口をつける。

「今日はそれをはっきり伝えるために来たの」

隣で大倉さんがどんな表情をしているかを見る勇気はない。

驚いているかな、戸惑っているかな。

それとも、ほんの少し安心してる？

「私は、私を好きで選んでくれる人と結婚したい。親の会社のために一緒になっても、そんなの惨めなだけ」

そうだよ。

好きな人といたいから、結婚という形を選ぶんだよ。

だから、だからこそ。

「だから、大倉さんとは結婚しない」

結婚なんて、できない。

その心が、私を見てくれないとわかっているから。

そう、迷いなく言いきった。


それからお父さんは少し落胆したものの、『星乃がそこまで言うのなら』と納得した様子も見せてくれた。

だけど終始、私は大倉さんの顔を見ることができなくて、どこかぎこちなさを残したまま、店先でお父さんとは別れた。

「お父さんも行ったし、私たちも帰りましょ」

お店を出て、車を置いたパーキングまでの道のりを大倉さんとふたりで歩く。

いつもと違う、重い空気の中、私のパンプスのコツコツという音だけが静かな細道に響いた。

「少しは、前向きに考えてくれているのかと思っていたんだが」

ぼそ、とつぶやいた低い声に、私は隣を見ることなく答える。

「なんの話？　そんなこと、言った覚えないけど」

そして大倉さんと向き合うように足を止めると、彼も足を止め私を見た。

「ちょうどいい機会だからはっきり言うわ。もうやめましょ、こういうの」

感情的になることなく、冷静に。自分の覚悟をはっきりと告げる。

「お父さんがこんな条件をのんだことは、私にも責任があるって思ってる。だから、これからは澤口製作所を継いでくれるような結婚相手を自分で探すし、相手と歩み寄る努力もする。だから大丈夫、あなたはもう自由よ」

そう、大倉さんはもう自由。

自分の意思で、相手を選べる。誰かのために結婚なんてしなくていい。

好きでもない相手のワガママをきく必要も、気を引くような甘い言葉をささやく必要もない。

その言葉に、大倉さんは無言のままだ。

驚いている？

それとも、安心してる？

彼の反応を知ることが怖くて、じゃあ、とパーキングとは反対にある駅の方向へ歩きだそうとした、その時。

大倉さんは私の右腕をグイッと引っ張り、そのまま強引にキスをした。

「んっ……」

なんで、いきなり。

先日のキスとは違う衝動的なキスが、逃げ出そうとする私の心を引き留める。

愛しい、唇。

このまま、彼のキスに溺れていたい。身を委ねて、甘えたい。

だけど、ダメ。そんなの、自分にとっても、なにより彼にとってもよくない。

先ほどの大倉さんの言葉が脳裏にチラつき、私は彼の唇を噛む。

痛みに顔をゆがめ、唇がほんの少し離れた瞬間、私は彼から距離をとり思いきりその体を突き飛ばした。

「やめてよ！　気持ちなんてないくせに！」

やめて、ほしい。私の心を、これ以上揺らさないで。

勘違いをさせないで。

怒鳴った瞬間、目からはポロッと涙がこぼれた。

「星乃……？」

唇に血がにじむこともかまわず、私の涙に驚く彼は、一瞬悲しげな目をしてみせて、胸をぎゅっと締めつけた。

そんな苦しさから逃げ出すように、私はその場から駆け出した。

どうして、キスなんてするの。

そんな、必死なキスを。

そして、何度も自分に言い聞かせながらも、そのキスひとつでまた期待しそうになってしまう自分がムカつく。

彼の言葉が本心であってほしいと願う気持ちが、また期待を生んでしまう。

そして現実を知るたび、落ち込んで、傷つくだけ。

それならいっそ、もうここで、きちんと終わりにしたいから。

あふれる涙を拭いながら、夜の街を走る。口の中はほのかに鉄の味がして、余計涙がこみ上げた。

目を見て、言って

最後に見た彼は、悲しげな目をしていた。

その目が今でもまぶたの裏から消えなくて、体を突き放したこの指先は、じんじんと痺れを感じ続けている。

最低、最悪な終わり方。

だけど、これでもう完全にさよならだから。この心から、その心から、過ごした日々を消し去って。


「澤口、澤口ってば！」

「へ？」

柳原チーフの声にふと我に返れば、私の目の前のコピー機からはガーッと音を立て、ひたすら用紙が排出されている。

「さっきからずっと印刷続けてるけど、何枚コピーするつもり？」

「え？　何枚って十部ですけど……って、あぁ！　百部で設定されてる！」

そりゃあ印刷が止まらないわけだ！

慌てて停止ボタンを押すけれど、すでに遅く、大量のコピーができあがってしまっていた。

ボーッとしていて気づかなかった……。

やっちゃった、と肩を落とす私に、柳原チーフはあきれたような顔をした。

「大丈夫？　最近澤口なんかおかしいけど」

「そうですか？」

「そうだよ。昨日は完成したデータうっかり削除しちゃうし、メールもまったく違う人に送ってるし、おまけにスマホと間違えてエアコンのリモコン持ってきてたし……」

うう、そう言われるとたしかに……心配されてあたり前といっていいくらい抜けているかもしれない。

「ちょっと働きすぎなんじゃない？　最近彼氏とデートもせずに残業ばっかりしてるみたいだし」

『彼氏』、その言葉に苦しさを感じながら、それを見せないように笑う。

「あ、あはは。最近彼も忙しくて。私も仕事がんばらなきゃって」

「へぇ。でも無理しちゃダメだからね！　澤口がいなきゃ私も部署も困るんだから」

柳原チーフはそう言って、自分のデスクへ戻っていく。
気にかけてもらえるのも、必要としてもらえるのもうれしい。
……けど、嘘ついちゃった。
大倉さんと会えていないのは、そんなことが理由ではない。
帰り道にはっきりと彼に終わりを告げたあの日から一週間。あれ以来大倉さんは、
会社にも自宅にも現れることはなくなった。
当然かもしれない。あれだけはっきり拒んで、頬まで叩いた。そんな女にいつまで
もかまう必要はない。
連絡も取れないように、着信もメッセージも拒否に設定した。
彼はもう、自由だから。結婚相手だって、自分で選べる。自分の好きな人と、一緒
にいられる。
お互い、これでよかったんだと思う。
そう、これが一番いい形の終わり方。
そう何度も自分自身に言い聞かせるのは、きっと自分が一番納得できていないから。
「……はぁ」
コピー機から取り出した用紙を抱えて、深いため息とともにうつむく。

「こら、澤口」

するとと、突然名前を呼ばれるとともに頭をぽかっと叩かれた。顔を上げると、そこには筒状に丸めた書類を手にした米田さんがいる。

「ため息つくな。オフィスが辛気くさくなるだろ」

「……すみません」

たしかに。私情で仕事中にため息なんて、場の空気を悪くするだけだ。そんなことにも気づけない自分が情けなくて、米田さんに素直に謝る。

ところが、そんな私の反応が意外だったのだろう。彼は少し驚いた顔を見せた。

「なにかあったか？」

「え？」

「お前が素直に謝るなんて珍しすぎ。体調でも悪いのか？」

それはそれで失礼な気が……。ムッとした顔で答える。

「別に元気ですけど。私にだって素直に謝るときくらいあります」

そんな私の返事に、米田さんはなにかを察したように「へぇ」とうなずいた。

「なぁ、澤口。今夜飯行こうぜ」

「ごはん、ですか？」

「あぁ。話聞きながらうまい肉食わせてやるから、仕事もうひとがんばりしろ」

そう言って、私の背中をバシッと叩く。きっと米田さんなりに元気づけようとしてくれているのだろう。

その優しさが、折れかけた心に少し染みた。


米田さんの言葉の通り、気合いを入れ直し仕事に取りかかった。

そして仕事を終え、迎えた夜。

米田さんとふたりでやって来た六本木にあるスペインバルで、私はチキンをひと口食べる。

「おいし〜！　元気出る！」

スパイシーな味付けのジューシーなチキンに、それに合うお酒という組み合わせに、つい顔はほころぶ。

頬を膨らませて笑う私と向かい合う形で座る米田さんは、同じくチキンをひと口食べる。

「だろ？　この店俺も好きでよく来てるんだよ」

「あぁ、女の子とですか？」

「男同士で。悪かったな、寂しい独身で」

がやがやとにぎわう店内でそう話しながら、グラスに注がれたビールを飲む。炭酸が喉を刺激して、「ふう」と気の抜けた声が出た。

そんな私を見て、米田さんは小さく笑う。

「少しは元気出たみたいだな」

「はい。ありがとうございます」

「じゃ、ついでになにがあってあそこまで落ち込んでたのか、吐き出してみれば」

え……？

「仕事をなによりも大切にするお前が、仕事どころじゃないくらい動揺することがあるなんて、よっぽどだろ」

そう言って、米田さんは私の頭をぽんぽんとなでた。

やっぱり、気づかれていた。

元気づけるだけじゃなくて、私の沈む心にも耳を傾けようとしてくれている。その気遣いはやっぱりうれしくて、私は口を開いた。

「……彼と、終わりにしたんです」

大倉さんの言葉を聞いてしまったこと。それ故に終わりにしたこと。

これからは前向きに結婚相手を探そうとも思っている、という強がり。

それらのことを米田さんへひと通り話した。

「米田さんも言ってたじゃないですか。彼はきっと私を好きなわけじゃない、って。それを思い知っちゃって、つらくなって」

えへへ、と笑ってごまかしてみせるけれど、少しでも気を緩めたら泣きそうだ。

私の話を聞きながら、米田さんは手にしていたフォークを置いた。

「へぇ、じゃあ今澤口はフリーになったわけだ。しかも前向きに恋愛のことも、結婚のことも考えてる」

「まぁ、そういうことですね」

「じゃあ、俺にしない？」

へ？

突然のその言葉の意味がわからず、キョトンとしてしまう。

俺にって……米田さんに？

なんで？　どうしてそんな話になる？

「俺、今まで黙ってたけど、澤口のことが好きなんだよ」

「へ？」

「そうでもなかったら、こうして飯誘ったりしないって」

わ、私を好き？

米田さんが？

だから、こうして話を？

「えっ……えええ⁉」

混乱しながらもようやく意味を理解して声をあげると、周囲の人の視線がこちらへ向けられた。その視線を感じながら、米田さんは苦笑いをこぼす。

「うわ、その反応傷つくな」

「だ、だって米田さんが私のこと、なんて……考えたことなかったし」

「いつも仕事で頭いっぱいって感じだったから、言うに言えなかったんだよ」

そ、そうだったんだ……。

けど、たしかに。こうして米田さんに恋愛話をするのなんて大倉さんのことが初めてかもしれない。

すると、その手は不意にテーブルの上の私の手に重ねられる。

大きく骨っぽい手は、体温が高く、熱い。大倉さんとは違う、肌。

その感触に少しの緊張を覚えるけれど、それは大倉さんに感じるときめきとは違う。

「俺はちゃんと、ずっと澤口だけを見てた。これからも、澤口のことだけ見てる」

米田さんはその言葉とともに、真っ直ぐこちらを見つめた。

「お前の仕事も人間性も、全部受け止めるから。澤口が望むなら、この仕事を捨てて転職だってする。だから俺と付き合ってほしい」

真剣な彼の気持ちが、眼差しからも伝わってくる。

「あの……」

返事に戸惑ってしまい、うまく言葉が出てこない。そんな私の気持ちを察したように、米田さんは笑って首を横に振る。

「今すぐじゃなくていいから。帰りにまた、澤口の気持ち聞かせて」

とりあえず今は飯食おう、と彼はグラスを手に取った。

米田さんが私のことを、なんて知らなかった。

先輩としてしか見たことがなかったし、考えたこともなかった。

だけど彼は、私を見てくれていたんだ。

全部、受け止めてくれる。私が、望むのなら。

もったいないくらいの言葉なのに、どうしてか心は躍らない。

それから私たちは仕事の話なども交えながら、数時間の食事を終えた。

ごはんはおいしかったしお腹はいっぱいだし、ほどよくアルコールも入っていつもならふわふわとした気持ちになってしまっていただろう。

けれど、ふたりの間にはどこか緊張感が拭えないまま。駅までの大きな通りを歩いていく。

「米田さん、ごちそうさまでした。すっごくおいしかったです」

「どういたしまして」

いつも通り、このまま『じゃあまた明日』と去ってしまいたい。けれど、そうはさせないよと言わんばかりに、米田さんは私の右手を掴むと足を止めた。

「米田、さん？」

「それで、答えは出たか？」

彼の気持ちに対しての、答え。

私は、これまで米田さんのことは先輩としてしか見たことがない。

だけど、米田さんはいい人だし、お互い恋人もいないのだから阻むものはなにもない。大倉さんと同じように、まずは恋人から、お試し感覚で始めてみてもいいのかもしれない。……だけど。

「難しく考えなくていい。今澤口が思ってることを教えてほしい」

「え……？」

そんな私の、グラグラとする心を見透かすかのように米田さんは問いかけた。

「俺が澤口を好きだから、とかそういうの抜きにして。澤口自身は、俺のことどう思う？」

米田さんに対して、私自身が思う気持ち。

「米田さんは、かっこよくて、仕事もできて、いい先輩で……人として、好きです」

仕事でも頼れる、優しい人。

だけど、この胸にあるのは恋愛感情ではない。

「じゃあ、あいつに対しては？」

『あいつ』と米田さんが指すのは、大倉さんのことだろう。

大倉さんの気持ちとか、言葉とか、そういうものを取っ払って、私自身が大倉さんに対して抱く気持ち。

「大倉さんは、無愛想で、ちょっと強引で、時々なに考えてるかわからなくて……」

彼といると、戸惑うことばかり。

無愛想な顔をして、ときどき笑って、なんだって、受け入れてしまうから。

そのたびにうれしくて、困る。

「大倉さんが、会社とお父さんのためにって言ったとき、すごく悲しかった。苦しくて、つらくて、泣きそうで……」

もう、強がれない。嘘はつけない。

気持ちを、隠すことはできない。

「自惚れちゃいけないってわかってても、会いたい。私は、大倉さんといたい」

私は、大倉さんのことが好き。今この瞬間も、まだ。

言いきった私に、米田さんはそっと手を離すと、その指先で私にデコピンを一発食らわせた。

「いっ！」

思いきり食らった一撃に、私は額を押さえて耐える。

「な、なにするんですか……」

「ようやく自覚したか。それが、お前自身の正直な気持ちなんだろ。相手の気持ちも大事だけど、まずは自分の気持ちを真っ直ぐ相手に伝えろよ」

私の、気持ちを……。

たしかに、今まで私は『大倉さんは』、『大倉さんが』とそればかり口にして私自身の気持ちは伝えなかった。

米田さんはそれを教えるためにも、私に気持ちを伝えてくれたんだ。

緊張しただろう、切ないだろう。その胸の内を思うと、こちらの胸が締めつけられて苦しくなる。

「ありがとう、ございます……」

絞り出した声とともに頭を下げた。

情けない、米田さんにこうして言われるまで、気づけないなんて。

だけど、ようやくわかった。

譲れない、自分の気持ち。

大倉さんが私を見ていなくても、私自身に興味がなくても。

私は、彼の優しさに救われた。

彼の温かさが愛しくて、一緒にいたいと思った。

私自身が、大倉さんを好きなんだ。

そう実感した、その時だった。

どこか離れたところから、誰かを呼ぶ声が聞こえた。

「ん？　なんだ……？」

同じくその声に気づいた様子の米田さんとともにうしろを振り向くと、人波の中を駆けてくる姿が遠くに見えた。

「……乃！　星乃っ……星乃！」

『星乃』、そうたしかに私の名前を呼びながら駆けてくるのは、スーツ姿の大倉さんだった。

大倉さん……？

どうして、ここに。どうして、私の名前を呼んで？

駆けてくる相手が大倉さんだと察したのだろう。米田さんは私の背中を軽く押す。

「ちゃんと伝えろよ。フラれたら慰めてやるから」

そう言うと「じゃあな」とその場を後にした。そんな米田さんと入れ替わるように、大倉さんが私のもとへ足を止めた。

よほど急いできたのだろう。彼は息を切らせながら、窮屈そうに首もとのネクタイを緩めた。

「大倉さん……なんで」

「車で通りがかったら、姿を見つけたから……止めさせて急いでここまで来た」

こんなにたくさんの人の中で私を見つけてくれた。そして、駆けつけてくれた。そのことがうれしくて、やっぱり彼のこういうところが好きだと思い知らされた。

ところが次の瞬間、大倉さんは私の顔を両手でガシッと掴んだ。

その顔は、想像していた優しいものとは違う。冷たい目がどちらかといえば怒っているのだろうことを教えた。

「お、大倉さん……怒ってます？」

「当然だ。いきなり別れを告げたかと思えば連絡も拒否するとはどういうことだ？　会いに行こうにもこの一週間海外出張で行けなかったし……」

「へ？　海外？」

じゃあ、あの日以来会社にも家にも来なかったのは、もう終わったからじゃなかったの？

キョトンとする私に、大倉さんは言いたいことや思うところがいろいろあるのだろう。考え、言おうとしてのみ込んで、困った顔で頭をかく。

「とりあえず、話をしよう。伝えたいことがたくさんある」

彼の、伝えたいこと。それはどんなことかはわからないけれど、勇気を出して耳を傾けよう。

そして伝えるんだ。私の、気持ちも。

「……うん」

小さくうなずいた私に、大倉さんはそっと手を取り歩きだす。

少し歩き、ビルとビルの間に見つけた小さなベンチに、私たちは腰をおろした。

ふたりそろってベンチに座る。けれど膝が触れないよう、数センチ距離を空けて座った。

「この前の話の続きだけど。……あれは、本心か？」

問いかけるその低い声に、素直に答えられず、膝の上でこぶしを握る。そんな私の反応を横目で見る、彼の視線を感じた。

「……俺は、もう自由だと」

どこか切ない声色で、ぼそ、と彼がつぶやいた言葉。

それに対して私は、胸の痛みをこらえながら深く息を吸い込んでうなずいた。

「そうよ。だから、大倉さんは誰と付き合おうが結婚しようが自由」

静かな夜の街に響いた声に、大倉さんは「そうか」と小さくつぶやいた。

違うの、こんなことを言いたいわけじゃない。

だけどなんて言おう、なんて伝えよう。

そう心の中で迷った、その時。突然大倉さんは私の唇を塞ぐようにキスをした。

あまりに突然の行為に、その唇の感触を実感したのは唇が離れてからだった。

「大倉、さん？　なんで……」

「自由なんだろ？　だから、俺の意思で選んだ人にキスをした」

「え……？」

大倉さんの、意思で……？

それって、つまり。頭の中でたどり着いた答えに、驚きと戸惑い、うれしさ、いろんな感情が一気に込み上げる。

そしてそれは、涙となってこぼれ落ちた。

まさか突然泣き出すとは思わなかったのだろう。大倉さんは驚き戸惑いながら、指先で涙を拭った。

「ほ、星乃？」

頬をなでる、優しい指先。その体温が愛しくて、やっぱり好きだ。

伝えたい。正直な気持ちを、隠さずに。

「私、大倉さんのことが好き。だから、大倉さんが会社やお父さんのために私と結婚しようとしてるとか、そう思うと苦しくて、悲しい」

好き、悲しい。それらの本音。

「だから、私自身を見てほしいの。仕事のこととかお父さんへの恩とか、そういうことは抜きにして、私と向き合ってほしいの」

涙で声が震える。だけど、今言わなくちゃきっと後悔する。

今だけ、子供の頃のように素直になるんだ。

うれしいときに笑うように、寂しいときや悲しいときに泣くように。愛しい、一緒にいたいという気持ちを、真っ直ぐに。

「改めて、私と恋人から始めてください」

そう言って、立ち上がり深く頭を下げた私に、少しの時間大倉さんは黙り込む。

どうしたんだろ……。

チラッと様子をうかがうように顔を上げると、突然彼が近づく気配がした。

それを感じた瞬間、気づけば私は彼の腕の中にいた。

「大倉、さん……」

抱きしめるその腕に甘えるように顔をうずめると、大倉さんは意を決したように息をひとつ吸い込んで声を発した。

「……嘘だったんだ」

「え……？」

う、そ……？

それって、なにが。どういう意味？

その腕に抱きしめられながら彼を見上げると、大倉さんは頬を赤くして私を見つめていた。

「澤口さんからの頼みで星乃に結婚を申し込んだって言ったが、本当は、最初から俺自身が星乃のことが好きだった。どこの誰かもわからない男と見合いなんてさせたくなくて……それを知った澤口さんが、協力してくれたんだ」

「えっ……」

結婚話は、会社のためじゃなかった？

むしろ、お父さんは彼に協力した側で、大倉さんはもともと私を好きでいてくれて……ダメだ、頭がついていかない。

「って、待って！　いつから!?　だって私たちが初めて会ったのってあの日じゃないの!?」

「いや、子供の頃に一度会ってる。澤口さんから聞いてないのか？」

子供の頃に？　あ。そういえば、以前お父さんがそんなことを言っていた気がする。

ということは、子供の頃から……!?

そんなバカな、そんなこと信じられない。だってまだ子供じゃない。

ただただ驚く私に、大倉さんは話を続ける。

「十歳の頃、些細なことで喧嘩をした俺はそれまでの寂しさもあって気持ちが爆発して、夜に家を飛び出したことがあったんだ」

「それってつまり、家出？」

「あぁ。だが行くあてもない俺が向かったのは、結局澤口さんのところで。けど澤口さんはそんな俺を受け入れて、一泊だけ家に泊めてくれたことがあった。そこで、初めて星乃と出会った」

大倉さんが、うちに……？

「ぜ、全然覚えてない……」

「だろうな。星乃もまだ小さかったしな」

それこそ二十二年は前のことだ。

大倉さんが十歳ということは、私は六歳……覚えていなくても無理はないかも。

「澤口さんや奥さんにどれだけ説得されても『帰りたくない』ばかりを口にしていた俺に、星乃は『どうしてずっと我慢してるの？』って言った。純粋に、不思議そうに言ったんだ」

なにかを我慢していた、男の子……。

彼の話に、ふと思い出す。

そういえば、子供の頃に一度だけ知らない男の子がうちに来た記憶がある。

だけどそれ以来その子は来ることはなくて、お父さんに確かめても、『そんなことあったかなぁ』とはぐらかされてしまったんだった。

だけど、その話でしっかりと思い出した。

ある日の夜、お父さんが家に連れてきた男の子。その子は少し年上の、無口でどこか悲しげな目をしていた。

その表情はなんだか、泣きたそうで、でもぐっと我慢をしているようで。

「『悲しそうなのに、ずっと我慢してる。我慢しなくていいんだよ、うれしいときに笑うように、悲しいときには泣いて、甘えたいときにはたくさん甘えていいんだよって、お父さんが言ってた』って、さ」

そう、だ。

あのお父さんからの言葉を、私はその子に伝えたんだ。

その日の最後の記憶は、緊張の糸が緩んだように涙をこぼした彼の泣き顔。

当時のことを思い出しているのか、大倉さんは目を細め微笑む。

「そうか、俺は泣きたいほど寂しかったんだ、って。自分の気持ちを認めたら、初めて涙が出た。泣き疲れて眠った翌日、目を覚ましたら自宅にいて、泣き腫らした顔の父親がいた」

きっと、私のお父さんから話を聞いて、大倉さんのお父さんも初めて彼の気持ちを知ったのだろう。

「『気づいてやれなくてごめん』って、そう言って頭をなでてくれた。そのことがきっかけで、俺と父親は次第に普通の親子になれたんだ」

幼い頃、自分がもらった言葉が、自分が伝えた言葉が、彼の日々を変えた。

初めて知るその事実が、驚き以上にとてもうれしく、今、この心を温めてくれる。

「それから、星乃のことが頭から離れなかった。星乃の言葉が、笑顔が、記憶から消えることはなくて、澤口さんとも会うたび星乃の話ばかり聞いた。いい思い出を恋と勘違いしてるのかもしれないと恋人もつくった。けどそれは、続かなかった」

その言葉とともに、大倉さんはそっとやわらかな微笑みを見せる。

「言っただろ。愛しさを感じたのは過去にひとりだけって。俺の心には、ずっと星乃がいたんだ」

大倉さんが以前言っていた、その胸に残る存在。それは、子供の頃の私だったたんだ……。

幼い私の言葉を、今でも忘れず心の中に残してくれていた。私のことを見ていないどころか、何年もの長い年月、その心には私がいた。

それらの真実と、彼が今こうして伝えてくれる『好き』の言葉がうれしくて涙がこみ上げそうになった。

泣き顔を隠すように、私は大倉さんにぎゅっと抱きついた。

「けど、それならそうって最初から言ってよ」

「一度会ったきりなのに子供の頃から好き、なんて言って引かれたくなかったんだよ。……で、俺の気持ちを知った澤口さんが『協力しよう』って言ってくれたってわけだ」

お父さんはお父さんなりに、私と大倉さんの仲を取り持とうとしていたんだ。

あれ、でも。

ふと先日の会話を思い出し、私は顔を上げて大倉さんを見る。

「でもこの前、『会社とお父さんのため』って言い方してた……」

「あれは、澤口さんが口をすべらせないように念押ししてただけで」

そう言って彼は、『聞いてたのか』とバツが悪そうに、困った顔で視線を逸らす。

「それに、星乃の気持ちが俺に向かない以上、そういう体の感じでいたほうが、傷つかなくてすむとも思った」

……そっか。大倉さんも、怖かったんだ。

長年の気持ちを伝えること。本当のことを知られること。拒まれたら、否定されたらどうしようという気持ち。

怖くて、嘘で繕っていた。

だけど、もう大丈夫だから。怖いことなんてないから、聞かせてほしい。

「全部、隠さないで言って。大倉さんの気持ちを、正直に」

真っ直ぐに彼の目を見て言う私に、その顔はますます困ったようになる。

そして徐々に赤くなる頬。上がっていくその体温は、彼の思いの大きさの証だ。

「星乃が、好きだよ。あの頃からずっと、真っ直ぐな星乃の言葉が俺の希望だった」

それは、嘘偽りのない言葉。

誰のためでもない、彼自身の思い。

「だから、俺と結婚してほしい」

心にじんわりと伝わるそのひと言の温かさに、こらえていた涙があふれて頬を伝った。

「……はい、喜んで」

笑ってうなずいた私に、大倉さんは精いっぱい力を込めてぎゅっと私を抱きしめた。

恋人を飛び越えての、プロポーズ。

だけどうなずけてしまうのは、その心が今までで一番近くに感じられるから。

どんな私も受け入れて抱きしめてくれる。時々わかりづらい、だけど優しいあなた。

そんなあなただから、手を取り歩きたいと思うんだ。

時には涙を見せて、時には怒って、笑って過ごしていくのだろう未来を胸に描きながら、ふたりきり、静かな夜の街の片隅でそっとキスをした。

番外編

夏真っ盛りの八月下旬。東京は太陽がじりじりと地面を照らし暑い。

そんな中、今日も私はオフィスでせわしなく動き回っていた。

「澤口、各店舗の今期商品在庫数あがってきてる？」

「あっ、はい。各担当から報告あったものを今まとめてます」

白いティアードフリルの半袖ブラウスを揺らし、書類を片手にデスクに着く。

サマーセールももう終盤、秋物の立ち上がり時期ということもあり、相変わらず慌ただしい。

「お疲れさまです。柳原チーフ、澤口さん、コーヒーいれましたよ」

「おっ、ありがとう」

柳原チーフはトレーにカップをいくつかのせた後輩社員から、カップをひとつ受け取ると、ブラックのまま口をつける。

それに続いて私もカップを受け取ると、砂糖とミルクを入れてひと口飲んだ。

コーヒーの熱さで、知らず知らずのうちに冷房で冷えてしまっていた体が温まる。

「はー……やっぱりコーヒーおいしい」

気の抜けた声を出す私に、柳原チーフは「ふふ」と笑った。

「澤口、本当おいしそうに飲むよねぇ。あ、澤口じゃなくてもう大倉だったっけ？」

からかうように言われた『大倉』という呼び方に、驚きと恥ずかしさから焦って、熱いコーヒーを勢いよく飲んでしまう。

「ゴホッ！　もう、まだです！　からかわないでください！」

そんな私の反応に、柳原チーフは余計おかしそうに笑ってみせた。

大倉さんと付き合って、三ヶ月。私の婚約話はすっかり浸透し、今では『相手はオオクラ自動車の社長らしい』『澤口が社長夫人に⁉』という話まで広がっている。

たしかに、プロポーズもされたし、結婚前提の付き合いではあるけれど……入籍も挙式も、まだいつにするかは決めていない。

今はまだ、恋人同士としてこれまで以上に距離を縮める毎日だ。

あれから、交際の報告を私の両親にしたところ、ふたりはとても喜んでくれた。

とくにお父さんは、大倉さんの気持ちを知っていたこともあったからだろう。うれしそうな顔で大倉さんの肩を叩いた。

そんな、ふたりの思いに心が温かくなった。

その日の夕方。定時を迎え、今日は仕事があまりないことから私は早々に仕事をあがった。

そして向かうのは、今まで自分が住んでいた小さなマンションではなく、恵比寿にある高層マンション。

付き合ってからほどなくして彼と一緒に住み始めたからだ。

すぐ同棲なんて、と私は少し拒んだけれど、『夫婦になるんだしいいだろ』と大倉さんから強く言われ、結局私が折れて大倉さんが暮らしていたマンションへ転がり込む形になった。

相変わらず家事は苦手だけれど、少しずつ自分なりにもするようになった。

大倉さんも料理は好きだからと、たびたび手料理を振る舞ってくれるけれど、それに甘えてばかりではいけないとも思う。

仕事が忙しいのはいつも通り。その中で、自分にできる限りのことを、大倉さんと相談しながら模索する日々だ。

「ただいま」

「星乃。おかえり」

マンションにの部屋に着いて、リビングに入れば、ネクタイをほどきながら大倉さんが出迎えた。

「今日は早かったのね」

「あぁ、今日は特別用事もなかったから。星乃も今日は早かったな」

「ええ。きりのいいところであがってきちゃった」

私が来たことで少し物が増え生活感の出てきた室内で、そう会話を交わしながら、私はバッグを置く。

「そういえば、ついさっき荷物が届いたぞ」

「荷物？」

大倉さんはそう言って、ダイニングテーブルに置いてあった箱を突《つっ》く。ちょうど帰ってきたところで受け取ったのだろう。

けど、荷物？　なにか頼んだっけ？

不思議に思いながら送り状を見れば、宛名には私の名前が、そして依頼主の欄にはお父さんの名前が記載されていた。

「お父さんから？　あ、そういえば広島のお土産を送ってくれるって言ってたかも」

「お土産？」

「うん。この前お母さんと旅行に行ったって言ってて。たぶんお酒だと思う」

そう話しながら、ダンボールを開けると、中には『吟冷華《ぎんれいか》』と書かれた化粧箱が入っている。

「……たぶん、じゃなく本当にだな」

見ただけでお酒だと悟ると、大倉さんな苦笑いで奥の部屋へと着替えに入っていく。

大倉さんは飲めないから興味がないんだろうなぁ。

笑いながら箱を開けると、それはやはりお酒だ。

けれど、箱の中のボトルは透明で、おしゃれなシャンパンボトルのような形をしている。

ラベルも『ｇｉｎｒｅｉｋａ』と書かれた小さなシールが貼られているだけで、黙って置かれていたら日本酒には見えない。ミネラルウォーターかなにかに間違えてしまいそうだ。

こんなにおしゃれなお酒あるんだ。

大倉さんには悪いけど、私的にはうれしいな。

お父さんには飲みすぎないようにとたびたび怒るけど、私も好きだから飲みたくなる気持ちはわかる。私のお酒好きはお父さん譲りだよね……。

せっかくだし、冷やしておいて後で飲もう。そう決めて私は冷蔵庫にそのボトルを入れた。

パタン、と冷蔵庫を閉めたところで、私服に着替えた大倉さんが奥から姿を現した。

「やっぱりお酒だったよ。すごくおいしそうなやつ」

ふふ、と笑って言いながらリビングへ戻る私に、その顔は『お前も好きだな』と言いたげに苦笑する。

「大倉さんもたまには飲んでみたらいいのに」

「断る」

ばっさりと言ってソファに座ると、大倉さんは突然私を手招きする。

なに？と近づけば、彼は私を自分の両足の間に座らせ、包むようにうしろから抱きしめた。

「わ、いきなりどうしたの」

「少しだけ」

まるで甘えるように私のうなじに顔をうずめる。そのくすぐったさにドキ、と胸が音を立てた。

ふたりで部屋で過ごす時間、大倉さんはこうして私を抱きしめることが多い。

長い間の片思いのぶん、と本人は言っていたけれど。こうして触れ合うだけで、普段言葉のあまり多くない彼から、なにも言わなくても愛情が伝わってくる。

その気持ちに応えるように、彼の手にそっと手を重ねた。

「ところで、星乃はいつまで俺を『大倉』と呼ぶ気だ？　お前もそのうち大倉になるのに」

すると、大倉さんからの問いに心臓がギクリと嫌な音を立てる。

「え！　いや、なんか大倉さんで慣れちゃったからつい……」

「そうか。それなら慣れるまで練習だ。呼んでみろ」

「えっ」

呼んでみろって……いきなり？

なんか、照れる。たしかに、籍を入れれば私も大倉さんになるわけだし、いつかは名前で呼ぶことになる。

けれど、慣れない響きが恥ずかしい。

「ほら、今すぐ」

あれこれと考えているうちに急かしてくる彼に、私は渋々その名前を口にする。

「……た、すく。さん」

ぎこちない呼び方、けれどそれでも大倉さんは大満足のようでうれしそうに笑みを浮かべる。

「かわいいな」

そう耳もとで笑って、キスをした。

慣れない名前呼び。

甘えるような腕。

何度も重ねられる唇。

それらが、恋人としてのふたりの距離を近づけてくれる。

何度も何度も繰り返すたび、愛情がこの心をふやかして、やわらかなものに変えていく。

翌日の夜。仕事を終えた私たち部署のメンバー全員は、品川駅近くにある居酒屋にいた。

今日は、この時期恒例の社内行事である、居酒屋を貸し切っての納涼会だ。

うちのブランドと米田さんのブランド、そしてほかにもいくつかのレディースブランドのメンバーがそろい、みんな思い思いに食事や会話を楽しんでいる。

「いつもお疲れさまです」

そんな中で、私は瓶ビールを手に、ほかのブランドの女性社員にお酌をして回る。

「そんな、先輩にお酌してもらうなんて悪いです」

「いいのいいの、今日は無礼講ってことで」

ふふ、と笑う私に、彼女たちは遠慮がちにグラスを差し出す。

「じゃあ、あの、無礼講ってことで……聞いてもいいですか？」

「ん？　なにを？」

仕事のことかな、それともなにかプライベートなこと？

不思議に思い首をかしげると、彼女はグラスをテーブルに置いて私の肩を掴んだ。

「あんなイケメンとどこで出会ったんですか⁉　どうやって結婚できたんですか⁉」

「へ⁉」

それを聞きつけて、ほかの女性たちも「ずるい、私も聞きたい！」と一気にこちらに押し寄せる。

「なにをどうやって、あんなハイスペックな彼氏射止めたんですか⁉　教えて！」

「彼氏さんの友達でフリーの人いませんか⁉　合コンとかどうですか⁉」

「オオクラ自動車の社員紹介してもらえませんか⁉」

みんな、普段から気になっていたのだろう。チャンスだと言わんばかりに息つく間もなく問い詰める。

ぶ、無礼講なんて言うんじゃなかった……！


それからあれこれと質問をされては答えてを繰り返し、数十分。

隙を見て、私は酔い覚ましを口実に居酒屋の外へと出た。

お店の前は、オフィス街から流れてきた人がまばらに行き交う大通り。

「ふぅ、疲れた……」

まさかあんなに問い詰められるとは。

しかも、『どうやって彼を』とか、答えに困るような質問ばかり。

それに今度大倉さんの友達紹介するように頼まれちゃったし……一応ダメもとで大倉さんにも話してみよう。

そう考えながら、ため息が出る。

すると、背後のドアがガラ、と開いた。

「お疲れだな」

その声に振り向けばそこにいたのは米田さんだ。

「米田さんも酔い覚ましですか？」

「それもあるけど。一応女がひとりで外にいるのもどうかと思ってな」

一応って。どういう意味。

ムッとする私を見て、米田さんはいたずらっぽく笑う。そういう言い方をしながらも、気にして追いかけてきてくれたのだろう。

「けど、彼氏とうまくいってるみたいで安心した」

ぼそっとつぶやいて小さく笑う。

そういえば……あの日以来、仕事のこと以外でこうしてふたりで話すのは、久しぶりだ。

私もなにかと慌ただしく、米田さんは新ブランドの立ち上げメンバーにも選ばれたことでそちらにかかりきりだったから。

……私、きちんとお礼すら言えてなかった。

このままじゃダメだよね。

そう決めて、私は小さく頭を下げる。

「……米田さんがあの時教えてくれたからです。ありがとう、ございました」

突然の私の言葉に、米田さんは少し黙ると、「ふっ」とおかしそうに笑った。

「なーに改まってるんだよ。照れるだろ」

そう言いながら、私の頭をくしゃくしゃとなでて顔を上げさせる。

目の前で見つめるその表情は、いつもと変わらぬ優しい笑顔だ。

「それに、俺は今でも好きだよ。澤口のこと。……すぐには簡単にあきらめきれないけど、仲間として、人として好きなのはきっと一生変わらない」

彼の気持ちに応えることはできない。だけど、それでもなお『人として好き』と言ってもらえることは、とてもうれしい。

その真っ直ぐな言葉に、こちらも笑みがこぼれた。

「旦那と喧嘩したら頼れば。俺人妻でもいけるから」

「って、もう！　バカなこと言わないでください！」

からかうように言う米田さんに、口を尖らせ怒った。

その時だった。

なにげなく視線を向けた先には、お店の前を歩く大倉さんの姿。

「へ？　た、佑さん⁉」

驚き目を丸くする私に、佑さんもまさか会うとは思わなかったのだろう。驚きの表情を見せる。

「どうしたの？　なんでここに？」

「今夜は俺も食事会があると言っただろ。それで駅前の地下パーキングに車を止めたから取りに行こうとしたんだが」

話しながら、その目は米田さんのほうをちらりと見た。

「あ……佑さん。こちら、会社の先輩の米田さん」

「星乃の恋人の大倉と申します。いつも星乃がお世話になってます」

「はぁ、どうも」

小さく会釈をすると、佑さんは胸ポケットから名刺を取り出し米田さんへ手渡した。

それを見て米田さんは、『これが噂の』と言いたげに苦笑いを見せた。

「じゃあ、俺はこれで」

そう話を切り上げその場を去ろうとした佑さんに、なにかを察したのか、米田さんは少し考えてから口を開く。

「澤口、ちょうどいいしもう帰っちゃえよ」

「え⁉」

「どうせもうすぐお開きだし、戻ればまたあれこれ問い詰められるだけだしさ。あ、俺荷物持ってくるな」

笑って言うと、米田さんは一度店内に戻り、私のバッグを手にすぐ戻ってきた。

「すみません、ありがとうございます」

「いいって」

米田さんはバッグを渡しながら少し近づいて、小声でささやく。

「……あと、彼氏に誤解されてたらごめん」

そっか、さっきのタイミング……。

もしかしたら変な意味に聞こえてしまったかもしれない。

軽く手を振りその場を後にする米田さんにお辞儀をして、私たちは近くに止めてあるという佑さんの車へ向かう。

誤解させないようにきちんと話しておかなくちゃ。そう思い話を切り出そうとした私より先に、大倉さんが声を発した。

「……米田さん、と言ったか。面倒見のよさそうな人だな」

「え、えぇ！　そうなの、すっごく面倒見のいい人で、だから私もなにかとお世話になっていて……」

「で？　あのセリフはどういう意味だ？」

うっ。やっぱり聞かれていた。

ごまかすように、歩きながら顔を背ける私に向かって、大倉さんは無言の圧力をかけてくる。

駐車場に着き車に乗ると、ふたりきりの狭い空間のせいか余計にその圧力が感じられ……走りだす車内で私は渋々口を開いた。

「……前に、告白されたの」

あぁ、言っちゃった。

恥ずかしいような、なんというか……どんな顔をしていいかわからず横目で隣を見れば、前を見つめたままの彼の横顔は冷ややかだ。

「そういう相手とああしてふたりきりになるなんて、隙があるんじゃないか？」

「け、けどきちんと断ったし……」

「すぐにはあきらめきれない、と聞こえたが」

そこもしっかり聞かれていた。

もともと愛想はないけれど、いつも以上に刺々しい言い方から、彼が怒っているのはあきらかだ。

あぁ、怒ってる……。

どうしよう、謝るべき？　けど謝ったら余計やましいことがあるかのようだ。

悩んでいるうちに車はマンションに着く。

そしてひと言の会話もないまま、私たちは自宅へと戻った。

気まずい。佑さんが怒ることなど初めてだから、どんなフォローをするべきなのかがわからない。

けど、そうだよね。自分の恋人が、過去に告白された相手と夜道でふたり。しかもそれっぽく聞こえてしまう言葉を交わしていたら……逆の立場なら、私も怒る。

だけど、米田さんはそういうのじゃなくて……。

私が頭をぐるぐると巡らせる一方で、佑さんさんは鞄とスーツのジャケットを雑にダイニングの椅子に置くと、そのままキッチンへと向かった。

ガチャ、とグラスを手に取る音から、彼が水でも飲もうとしていることを察しながら、私は部屋着に着替えるべくクローゼットのほうへ向かう。

あれ、たしか今ミネラルウォーターは切れていたはず。

代わりに頭に浮かんだのは、先日冷蔵庫に入れておいたお酒の瓶。

「はっ！　待って！」

慌ててキッチンに駆けつけ、佑さんの手もとのグラスを奪う。けれどすでにグラスは空っぽで、カウンターの上には案の定、口の開いたお酒の瓶が置かれていた。

遅かった……！

「やっぱり飲んじゃったんだ……それお水じゃなくてお酒！」

いつもの彼なら、きっと気づけただろう。けれどよく確認もしないくらい、怒り心頭だったのだと思う。

大丈夫かな、吐いちゃったりしないかな。

うつむく彼の顔を慌てて覗き込むと、その目はうつろだ。

「大丈夫？　気分悪い？」

悪いようなら横になって……と意外とがっしりとしたその体を支えながら、リビングへと向かう。

すると彼は突然私の体に重心を預けるようにのしかかる。

当然支えきれず、私は彼とともに近くにあったソファに倒れ込んだ。

「いたた……もう、重い」

やわらかなソファの上、佑さんは横に倒れ込んだ私を組み敷くような体勢だ。

うつろな目をした彼からは、微かにアルコールの香りが漂う。

「た、佑さん……？」

そしてじっと私を見つめたかと思えば、次の瞬間大倉さんは私の頬に手を添えて、頬にキスをする。

そのまま、まるで愛でるように、ちゅっと額や鼻にもキスをされ、くすぐったさに声が漏れた。

な、なにをいきなり⁉

はっ、そういえば以前お父さんが、佑さんは酔っ払うとキス魔になるって言ってたっけ……！

うれしいような、恥ずかしいような、複雑な気持ちでされるがままになっていると、佑さんは私の体をぎゅうっと抱きしめる。

「お前はなんでそんなにかわいいんだ」

「は、はい⁉」

か、かわいい⁉

「お前は、俺がどれだけ星乃を好きかわかってないだろ」

佑さんが、私を、どれだけ好きか？

その言葉の意味がわからず、抱きしめられたまま首をかしげる。

「子供の頃からずっと忘れられなくて、街で似た人を見かけるたびに声をかけそうになった。初めてプロポーズをしたあの日、緊張でいっぱいで、たまらなかった」

「え……？」

「仙台まで行った日も、星乃のことで頭がいっぱいで。一週間ぶりに会えたときはすごく安心した、うれしかった」

ところどころ呂律の回っていない彼が話す言葉は、初めて聞く大倉さんの隠れていた気持ち。

緊張、安心、それらの言葉はあまりにも意外でいっそう私を驚かせた。

「家に来たいと言われたときは正直意識したし、スイートルームに泊まった日は、眠れなかったんだ」

「そうなの⁉」

「一緒にベッドに入ろうものなら理性をなくすのはわかっていた。触れたくて、でも触れられなくて、星乃の寝顔をずっと見てた」

知らなかった。いつも余裕のある顔で、そんな気持ちは見えなかった。

いつも、ドキドキしたり意識したりするのは私だけだと思っていた。だけど、そうじゃない。

佑さんの胸の中にも、同じような感情があったんだ。

それを知ることができて、うれしい。

「情けなくて失望されるかもしれない、けど、こんなにも好きなんだ。やっとこの手の中に星乃を感じられて、すごく幸せで、だからこそ嫉妬もする」

少し力の緩んだ腕にその顔を見ると、子供のように拗ねた顔をする。

私を受け入れてくれたあなたを情けなくなんて、思わない。

失望なんてしない。

そんなふうに、思わないでほしいから。

私は口を開く。

「米田さんのこと、黙っててごめんなさい。……だけど、米田さんのおかげで私は佑さんに気持ちを伝えられたの」

「え？」

米田さんが、あの時思いを伝えてくれたから。背中を押してくれたから。

佑さんに、素直な思いを伝えられた。

「私自身が佑さんをどう思うか、向き合うことができたんだ」

自分の気持ちと向き合うことができた。

その言葉に、佑さんは少し驚いた表情をする。珍しいその顔に、思わず小さく笑ってしまった。

「佑さんこそ、私がどれくらいあなたを好きかわかってないでしょ」

「星乃が？」

私も、負けないくらいあなたが好き。

いつもドキドキして、些細なことにうれしくなって不安になって、そのたびにまた好きだって実感する。その気持ちが伝わってほしいから。

私は彼の両頬を掴むと、自ら大倉さんにキスをした。

「これくらい、好き」

ねぇ、知らないでしょ。私が自分からキスなんて、今まで誰にもしたことないってこと。

いつもの私だったらきっと、恥ずかしいとか、照れるとか、そんな言葉で逃げてしまうだろう。

だけど、あなたにはこの恥ずかしさすらも伝わってほしいと願うから。

愛しい人。

ずっと、そばにいてほしい。

彼の腕の中、強い強い幸せを感じている。

翌朝。

朝六時に目を覚ますと、リビングにはぐったりと頭を抱える佑さんがいた。

「大丈夫？　はい、二日酔いの薬」

「悪い……まさか、あの瓶が酒とは。気づかなかった」

「まぁたしかに、見た目はおしゃれな水のボトルに見えるよね」

よほどお酒に弱いらしい。あの一杯で二日酔いになってしまった彼に、私は苦笑いをしながら薬の箱を手渡した。

「けど、キス魔って本当だったのね」

「昔澤口さんの頬にもキスしたらしくてな……以来トラウマなんだ」

お、お父さんの？

想像してしまい、「ぶっ」と噴き出し笑う。

そりゃあ、お父さんにもからかわれてしまうわけだ。

「いいじゃない。珍しく素直な大倉さんが見られてうれしかったし」

ふふ、と笑った私に、佑さんは照れくさそうに頭をかいて目を背けた。

いつもは無愛想な顔で隠されてしまう気持ちを、知ることができた。

こうしてまたひとつ、彼の一面を知ることができてうれしい。

少しずつ、少しずつ、もっと近くであなたを知りたいから。

「これから、たまには一緒に飲もうね」

「……年に一回くらいならな」

笑った私に彼は渋々うなずくと、朝日が照らす明るいリビングで、そっと優しいキスをした。

愛しさにあふれた、穏やかな朝だった。

END

特別書き下ろし番外編

桜の綺麗な春から、暑い夏、そして秋が過ぎた十一月下旬。

仕事を終え帰宅した六本木のマンションには、今日もラブラブなふたりの光景……ではなく。

リビングでパソコンと資料を広げ、ぐったりとしながら仕事をする私の殺伐とした姿があった。

「お、終わらない……」

本当は家に仕事は持ち帰りたくない。けれど、最近店舗巡回で家を空ける日が多かったことから、せめて少しでも家にいる時間を増やしたい。葛藤の末、自宅での仕事となっているわけだ。

そんな私を見て、ちょうどお風呂から出てきたばかりの佑さんは濡れた髪を拭きながらこちらを見た。

「だいぶ疲れてるみたいだな。そんなに大量の作業なのか?」

「来週予定されている大きな会議の発表用資料作ってるんだけど、なかなかうまくまとまらなくて……しかも本来ならこれ私の担当じゃないから全然進まなくて」

そう。この資料作りは、担当していた社員が盲腸で入院してしまったため、急きょ私に回ってきたものだ。

そのため、まずは情報を整理して内容を把握するところから始めているから、書類を作成するまでにどうしても時間がかかってしまうのだ。

うーんと頭を抱える私に、佑さんは苦笑いをこぼしてキッチンへと向かう。

「少し休んだらどうだ？　コーヒーいれるから」

「うん、ありがとう」

うなずくと、少ししてからコーヒーのいい香りが漂ってきた。

そして佑さんはコーヒーを注いだカップをテーブルの上に置き、私の背後にあるソファに座った。

彼は、こうして私が家で仕事をしても嫌な顔ひとつしない。口出しをすることもなく、ソファに寝転んで本を読んだり、ヘッドフォンをつけてテレビを見たり、同じ部屋で過ごしてくれる。

そんな佑さんとの時間が、心地いい。

「ふう、とりあえず一段落……」

間に休憩を挟みながら、二時間ほど作業を続けたところで、私はごろんとその場に寝転がる。

それを見て佑さんは読んでいた本を閉じた。

「お疲れ。今日はそろそろ寝たらどうだ？　明日は休みとはいえ夜更かしはよくないだろ」

「うん、そうする……あー、このまま寝ちゃいたい」

帰ってきてすぐお風呂も済ませたし、ごはんも食べた。あとはベッドへ行くだけだけれどそれすら億劫で、私はラグマットの上でごろごろと寝転がる。

すると佑さんはふっと笑って、私の体に触れたかと思えば私をお姫様抱っこの形で持ち上げてみせた。

「わっ、佑さん⁉」

「このまま寝たら風邪引くからな。ベッドまで運んでやろう」

「い、いい！　自分で歩くってば！」

恥ずかしくて足をバタバタさせるけれど、それも佑さんは気にすることはない。奥の寝室へ行くと、大きなダブルベッドに私をそっと下ろした。

電気のついていない、大きな窓から月明かりだけが照らす薄暗い部屋で、佑さんは私を見つめるとそっとキスをした。

キスは優しいものを二度ほど重ね、次第に深いものへと変わっていく。

「ん……」

自然と漏れた甘い声に、佑さんはうれしそうに目を細めて笑うと、私の服の中へ手をすべり込ませた。

恋人になってから、幾度となく過ごす甘い夜。

佑さんは普段も優しいけれど、その時間だけはいつも以上の優しさを見せる。

私のひとつひとつの表情を確かめるように見て、繊細な指の動きでいろんな場所に触れていく。

そのたび、彼からの愛情をいっそう強く感じられるんだ。

……それだけで、十分なはずなのに。もっと、と求めてしまう自分がいる。

結婚話ありきで付き合い始めた私たち。ところが、半年経ってもその話は一向に進んでいない。

理由はふたつ。

ひとつ目は、私がまだ佑さんのお父さんに挨拶ができていないということ。

佑さんのお父さんは会長としてまだまだ現役。毎日忙しいそうで、さらに私の休みの予定をお父さんの都合のいい日に合わせられず、まだ挨拶のひとつもできていない。

そしてふたつ目は、付き合って一緒に暮らして……と過ごすうちに、佑さんからも結婚の話や入籍の話などがいっさい出てこなくなってしまったこと。

好きとか大切だとか、頻繁に愛情を口にしてくれるから、その気持ちを疑ってはいない。

だけど具体的に話が進まないとなると不安になるし、でも女の私から急かすのもどうかと思ってしまう。

そんなことから、結婚話は進まないまま。時間はどんどんと過ぎていくのだった。


「んー……終わったー！」

翌日の、金曜日の十四時過ぎのこと。

今日は仕事は代休で休み。けれど佑さんが出かけてすぐ、自宅で昨日からの資料作成を引き続き行っていた私は、ようやくひと通りまとめ終え、大きく伸びをした。

佑さんは今日は早く帰れるって言っていたし、せっかくだからごはん作って待っていようかな。

私でも作れそうなメニューで……と、レシピを検索しようとスマートフォンを手に取った、その時だった。

突然スマートフォンが震えだし、佑さんからの着信を知らせた。

佑さん？　仕事中だよね、どうしたんだろ。

不思議に思いながら電話を取る。

「もしもし？」

『星乃。今家か？』

「ええ、ちょうど仕事も終わったところ」

空いている右手でノートパソコンをそっと閉じながら答えると、彼は『そうか』と言って言葉を続けた。

『テーブルの上に封筒がひとつ置いてあると思うんだが、今日必要なものなんだ。すまないが会社まで持ってきてもらえないか？』

話を聞きながら自分がパソコンや書類を広げたままのテーブルの上を見れば、そこに紛れてA４サイズの封筒がひとつ置かれていた。

佑さんが忘れ物って、珍しい。私があれこれ散らかしていたから見えなくなってしまっていたのかも。

今日必要なものとなれば大変だ、すぐ届けなくては。

「うん、わかった。じゃあすぐ支度して向かうわ」

『あぁ、頼む。着いたら受付に声をかけてくれ』

私はうなずくと、急いでメイクを始めた。

さすがに佑さんの会社にスッピンで行く勇気はない……。でもなるべく急いで向かおう。

身支度を終え、手には封筒を持ってタクシーに乗る。

ほどなくして、『オオクラ自動車』の文字が大きく掲げられたビルの前へ着いた。

相変わらず立派な会社だ。

照れくさいような居心地の悪さを感じずにはいられず、私は足早に広いエントランスの奥にあるカウンターへ向かうと、受付の女性へ声をかけた。

「あの、澤口と申しますが、大倉佑さんへ書類を届けに来たんですが」

「澤口様ですね。少々お待ちください」

そして女性がどこかへ電話をかけると、すぐさまスーツ姿の男性が小走りにやって来た。

「あっ、星乃さん。こんにちは」

茶髪をふわふわと揺らしながらやって来たのは、佑さんの秘書の村上さんだ。

おそらく受付に電話で呼び出されたのだろう。

「お疲れさまです。これ、佑さんから頼まれた封筒です」

「ありがとうございます。けど大倉社長から、オフィスフロアまで星乃さんをお連れするよう言われてまして。直接社長に渡していただいてもいいですか?」

「へ?」

社長室じゃなく、オフィスに来いということ?

てっきり受付か村上さんに封筒を渡して終わりだと思っていただけに、一気に緊張してきてしまう。

「こっちです。どうぞ」

案内されるまま、村上さんに続いて歩き、エレベーターで六階へやって来た。

「社長室は七階なんですけど、大倉社長は今ちょうど総務部でちょっと取り込み中でして……」

そして長い廊下を抜けて、村上さんは『総務部』と書かれた部屋のドアを開けた。

広い部屋いっぱいに並べられたデスクと、忙しなく行き交う社員たち。ドアが開く音ひとつに耳を傾けることもなく、人々は仕事に取りかかっている。さすが大企業だけあり、社員も多く圧倒される。

「あ、いたいた。社長あそこです」

その中で村上さんは、少し離れた壁側に立つ姿を指差す。

見慣れたスーツ姿でタブレットを手に社員となにやら話をしている佑さんは、普段の彼とは違う、社長としての表情で際立つオーラを放っている。

やっぱり、かっこいい……。

思えば仕事中の姿なんて普段なかなか見られないもんね。貴重かも。

ついほれぼれと見とれていると、彼の隣に立つ女性が目に入った。

佑さんの隣に立つ、背の高い女性。黒く長い前髪を真ん中で分け、形のいい眉を見せたその女性は目鼻立ちのはっきりとした美人だ。

タイトなスーツもかっこよくキマっていて仕事もできそうで、いかにもキャリアウーマンといった風貌だ。

「綺麗な人……」

「ん？　あぁ、水嶋《みずしま》さんですね」

心の声が出てしまっていたらしい。私の声を聞き逃すことなく、村上さんは教えてくれた。

「彼女、経営戦略課の所属なんですけど、仕事がよくできるんですよね。おまけに見た目もいいからモテモテで」

「あぁ……イメージ湧きます」

「ですよねぇ。あれならさすがの大倉社長も落ちるってわけですよ」

村上さんは自分で言って、うんうんと納得するようにうなずく。

大倉社長も落ちる、ってどういう意味？

「え？　それって？」

「彼女、大倉社長のパートナーのような存在なんですよ。もう何年も前からの長い付き合いというか」

私の問いかけに、村上さんはあっさりと教えてくれた。

「社内でも評判で、最近も『大倉社長の結婚相手は水嶋さんなんじゃないか』って噂が流れてるくらいで……はっ」

そこまで話したところで、村上さんは私がその結婚相手だということを思い出したのだろう。慌てて自分の口を塞いで顔を青くさせた。

「す、すみません！　いや、そういう意味じゃないんです、今のは忘れてくださいい……！」

パートナー、長い付き合い、結婚相手……。

その言葉を思い浮かべながらふたりを見れば、彼女は笑いながら佑さんが手にするタブレットを覗き込む。

結婚相手と噂されるほどの、女性。

そう思うと胸がチクリと痛んで、苦しくなる。

「すみません、私急ぐので。封筒、お願いします」

「えっ？　ほ、星乃さん⁉」

私は村上さんへ封筒を押しつけるようにして強引に渡すと、足早にその場を去った。


佑さんの、パートナー。その存在に胸がぎゅっと締めつけられる。

彼が浮気なんてするわけがない。なにかの間違いだ。そう自分に言い聞かせるけれど、初めてふたりの仲を聞かされ、同時に本人と対面するなんて、つらい。

あんなに綺麗で、スタイルもいい。仕事もできると言っていたし、私のようにバタバタするタイプじゃないだろう。

すべてにおいて、きっと私より上。

私よりも、佑さんにつり合うんじゃないだろうかとか、思ってしまう。

今まで、こんな不安感じたことなかったのに。
……ううん、違う。佑さんが感じさせないようにしてくれていたのかも。
不安になる隙もないくらいに、真っ直ぐに愛を伝えてくれていた。
だけど、本当は周りは思うかもしれない。
なんであの人なんだろう、って。
つり合うわけないのに、って。
佑さんの周りの人や、お父さんにもそう思われたらどうしよう。
街の中を早足で抜けながら、頭の中は嫌な想像でどんどん埋め尽くされていく。
そして、佑さんの会社から少し離れたところまで来て、私はようやく足を止めた。
「……はぁ」
……今日はもう、家に帰ろう。
今夜は佑さんの顔を見るのが、少し怖いけれど。
タクシーを拾うべく大通りのほうへと歩きだそうとした、その時。
「うっ……」
目の前を歩いていた男性が、突然膝をつき、その場にうずくまった。
「えっ⁉　ど、どうしたんですか⁉」

慌てて駆け寄ると、スーツを着た白髪交じりのその男性は苦しそうにお腹を押さえている。

あまりにも突然の事態に、頭の中がパニックになってしまう。

「大丈夫ですか⁉　救急車呼びますか⁉」

「う、うぅ……」

その瞬間、男性から聞こえたのは苦しそうな声。そしてそれとともにぐうう～……という空腹を知らせる音。

……へ？　それって、つまり……。

「は、腹が……減って、動けない……」

「はい？」

ただの、空腹？


「はー！　生き返った！」

私たちは、とりあえずすぐ近くのオープンカフェにやって来た。

通路沿いのテラス席で私に向かい合う形で座るその男性は、パスタが盛られていたお皿を綺麗に空にして笑った。

「いやー助かったよ！　ありがとう！」

「どういたしまして……」

五十代半ばくらいだろうか、白髪交じりのその男性は先ほどとは打って変わってすっかり元気そうだ。

本当に空腹なだけだったんだ……。いや、病気とか発作とかじゃなくてなによりだけどさ。

本気で心配しただけに、拍子抜けしてしまう。

「でもどうしてあんなところで行き倒れなんて？」

「いやぁ、送ってもらった車に財布とスマホを置き忘れてしまったようでね。用事が終わったところで迎えも呼べずタクシーもつかまらず……しかたなく歩いて向かっていたんだが空腹には勝てなくて！」

あはは、と笑うおじさんは高そうなスーツと綺麗な身なりからして、きっと大きな企業の偉い人なのだろうとは思う。

顔立ちも整っていてダンディーな雰囲気だ。

見た目の雰囲気がどことなく佑さんに似ていて、彼も将来こんな感じになるのかも、と想像させた。

「お嬢さんは、仕事中かい？　それとも休日にショッピングにでも？」

「いえ、……恋人のもとへ届け物を」

『恋人』、自分で出したその言葉に、少し沈んだ声になってしまう。

そんな私の気持ちに気づいたのか、おじさんは不思議そうに問う。

「なんだ、浮かない顔だな。その恋人とやらとなにかあったのか？」

「いえ……別に」

会ったばかりの他人に話すようなことではないし、と濁そうとするけれど、おじさんはそれを見逃さない。

「食事のお礼だ、おじさんが愚痴のひとつやふたつ聞いてあげよう」

「でも……」

こんな話を見ず知らずの人にするなんて。ためらってしまうけれど、でも、見ず知らずの人だからこそ言えることもあるのかもしれないと思った。

……話して、みようかな。

モヤモヤとした、この心にある気持ち。

「……私、彼につり合わない気がして」

ぼそっとつぶやいた言葉に、おじさんは笑う。

「ほう、そんなにいい男なのか」

「まぁ……かっこいいですし、優しくて落ち着いていて、社会的地位もある人で」

見た目も中身も完璧で、非の打ちどころがないような人。

そんな彼に、私はちゃんとつり合っているのだろうか。

「彼は優しいからなにも言わないけど、周りの人や彼の親はそう思っているのかもとか、私のせいで彼が恥をかくかもとか、そう思ったら……自信がなくなってしまって」

誰かになにかを言われて、彼に恥をかいてほしくない。周りからはそう見えているのか、なんてがっかりしてほしくない。

胸の中で止まらない本音をつぶやき、膝の上でぎゅっとこぶしを握った。

すると、おじさんからは唐突な問いが投げかけられた。

「きみは、彼のどこが好きなんだ？」

「え！」

佑さんの、どこが好きか？

なにをいきなり……。そんなことあっさりと言えるわけもなく、恥ずかしくてごにょごにょと濁してしまう。

けれどそんな私を、おじさんはにこにことした笑顔で見守り言葉を待った。

私が、佑さんのどこが好きか。

そんなの、たくさんあるけれど。

「……なんでも、受け入れちゃうんです。こんな、がさつでかわいげもなくて、仕事ばっかりの私のこと」

あきれながら、笑いながら、彼は優しい目をして私を受け入れてくれる。

時に急いで、時に立ち止まる私のペースに合わせて、一緒に歩いてくれる。

いつだって、目を見て。

「真っ直ぐに向き合ってくれる、素直に伝えてくれる。そんなところが大好きです。そんな彼だから、私もそうでありたいと思うんです」

だから、私も応えたい。

不器用だけど、素直になれないことも多いけれど、目を見て応えたい。

大切だって、思うから。

佑さんのことを考えながら話していたら、自然と笑みがこぼれていた。

そんな私を見て、おじさんは目尻にしわを寄せて微笑む。

「その気持ちが本物なら、人の目なんて気にしちゃいけない」

「え……?」

「周りがなんて言おうと、きみは彼が好きで、彼もきみを好きならそれでいいじゃないか。自信を持つべきだと、おじさんは思うよ」

——周りが、なんて言おうと。

その言葉で思い出すのは、以前米田さんからも言われた言葉。

大切なのは、私自身がどう思うか、だ。

つり合わないと思われてしまっても、それでも、私は佑さんが好き。彼を、一番大切に思っている。

それだけで、十分な気がしてきた。

「……そう、ですね。そんな気が、します」

おじさんの言葉に不思議と勇気をもらい、私はへへと笑った。

すると、おじさんは私の頭をポンポンと軽くなでる。

「あと少なくとも彼の親はそんなことを思っていないよ。自分が見て聞いたものだけを信じる主義だからね」

「へ？」

それって、どういう意味？

理解ができずキョトンとして首をかしげると、カフェの前の通りをかけてくる男性の姿が視界に入った。

「星乃！」

私を呼びながらこちらに近づく彼を見れば、それは佑さんだった。

「佑、さん!? なんで……」

「村上から急に帰ったって聞いて、まだ近くにいるかもしれないと思って捜しに来た」

わざわざ、捜しに？

封筒はもう届けたはずなのに、なんで……。

驚きながらも不思議に思っていると、佑さんは視線を私の向かいに座るおじさんへ向ける。

「……で、なんで星乃といるんだ？ 親父」

「へ？」

お、親父？

親父って、つまり、このおじさんが……。

「た、佑さんのお父さん!?」

「はーい、佑の父の大倉広次《ひろつぐ》でーす」

つい大きな声をあげた私に、おじさん……もとい、佑さんのお父さんはにっこりと笑って返事をした。

「いやぁ、なかなか会えないからどうしようかなと思ってたところに、会社近くで見かけたから。迫真の演技で足止めしちゃったよ」

そう言いながら、子供のような無邪気な笑顔でスーツの胸ポケットからスマートフォンをちらりと見せる。

は、迫真の演技……。まったく気づかなかった。

そんなお父さん、佑さんはあきれたようなため息をついた。

「あれ、でもなんで私のこと知って……」

「子供の頃から最近までたびたび澤口さんから写真見せられてるからなぁ。すっかり顔も覚えちゃったよ」

そうだったんだ……。なにも知らないのは私だけだったということ。

ということは。私、恋人のお父さんにあんな弱音を……!?　なんて情けない。

「すみません、私すっかり弱音を……」

「いいんだよ。むしろ出会ったばかりの僕を信用して話してくれてうれしかったなぁ」

慌てて謝る私に、佑さんのお父さんは笑顔のまま。

「僕はきみの言葉から、きみが佑をちゃんと思ってくれているって感じたよ。つり合わないなんて思わないし、自信を持ってほしい」

「お父さん……」

「無愛想でわかりづらい息子だけど、佑をよろしく」

お父さんはそう言って席を立つと、私の肩をぽんと叩く。

「佑もあんまり彼女を不安にさせるなよ。また今度、ゆっくり会おう」

そして、「じゃあ」と手を振ると、テーブルの上の伝票を手にレジのほうへと向かっていった。

スマートな人……。

その場に残された私と佑さんは、少し呆気に取られた後、我に返って小さく笑った。

「お父さん、あんまり似てないのね」

「あぁ。マイペースすぎて困る」

真面目な佑さんと比べ、掴みどころのなさそうなお父さん。自分と真逆な性格に親といえども困ってしまうのだろう。

そんな佑さんの渋い表情を見て私は苦笑いがこぼれた。

すると、佑さんは不意に私の頭をなでる。

「……それより、村上が余計なことを言ったみたいだな。悪かった」

「ううん、いいの。私こそごめんなさい、勝手に帰ったりして。ふたりの話を聞いたら、つい」

私の発言に、佑さんは不思議そうに首を傾げる。

「待て。なんの話だ？」

「え？　だってさっき村上さんが、佑さんが水嶋さんに落ちたって。ふたりはパートナーで、長い付き合いだって」

先ほど村上さんから聞いた話をそのまま伝えると、佑さんは驚いた顔で少し考え、腑に落ちたように納得すると頭を抱えた。

「あー……そうか、そういうことか」

「そういうことって、どういうこと？」

「星乃。お前、大きな勘違いをしてるぞ」

大きな勘違い？

意味がわからず今度は私が首をかしげる。

「俺と水嶋は仕事上のパートナーだ。それ以上の関係は一切ない。それと、俺が彼女に落ちたというのは先日、彼女の企画力に負けて予算を与えることになった、ということがあってだな」

「へ？」

し、仕事のパートナー？

長い付き合いで、落ちたっていうのはそういう意味じゃなくて……。ということは、全部私の勘違い？

「なんだ……そうだったんだ」

安心したような、すっかり勘違いしていた自分が恥ずかしいような。私は深い息を吐きながら両手で顔を覆った。

そんな私に、佑さんは真っ直ぐにこちらを見て言う。

「つり合わないなんて思わないし、周りにもそうは言わせない。もし言われたとしても、そんなこと関係ない。俺にとっての一番は星乃だ」

「佑さん……」

「けど、それでも不安になるときには、信じてほしい」

そう言って、佑さんはジャケットの内ポケットからなにかを取り出し、私の左手を取る。

薬指にそっとはめられたのは、小ぶりなダイヤが輝くプラチナのリングだった。

「指輪……？」

どうして、これを……。

驚き自分の指にはめられた指輪を見ると、佑さんは小さく笑う。

「結婚の話、なかなか進まなくて悪かった。婚約指輪を渡してから次に進みたいと思っていたんだが、オーダーしたデザインに合ういいダイヤがなかなか手に入らなくて時間がかかってしまった」

「えっ……私のために、用意してくれたの？」

「もちろんだ。今日会社に呼んだのも、社員に正式に星乃のことを紹介するためだったんだ」

忙しい中、私のために指輪を用意してくれていたの？

指輪を渡してからとか、社員への報告とか、結婚についてずっと考えてくれていたっていうことなの？

うれしさが、胸の中にあふれ出す。

「受け取ってほしい。信じて、ほしい。これまでもこれからも変わらない、俺の気持ちを」

何度だって不安になるかもしれない。

自信をなくしたり、大切なものが見えなくなってしまうこともあるかもしれない。

だけどきっとそのたびに、薬指の輝きが光をくれるだろう。
大丈夫だよ、信じよう、って。きっとキラキラと心を照らしてくれる。
「ありがとう……」
目もとに微かに滲んだ涙を、佑さんは指先でそっと拭う。
その優しさに笑顔になると、彼もつられるようにして笑った。
大切なのは、自分の心。
あなたを愛しく思う、この心。
それをこれからもずっと抱きしめて、彼とふたりで歩いていく未来を胸に描いた。

END

あとがき

初めまして、夏雪なつめと申します。

この度は本作をお手にとっていただき、ありがとうございます。


星乃と佑、プロポーズから始まるふたりの恋はいかがでしたでしょうか?

仕事を頑張る女子とそれを包んでくれる男子、という組み合わせが大好きな私にとっては、書いていてとても楽しい作品でした!


今回の舞台はアパレル会社。というのも私自身が現在アパレルショップで店長として働いており、そこから得たネタだったりします。

星乃にはモデルとなった方がいまして、その方は怖くて厳しくて正直私は苦手なのですが、泣かされるたびに「いつか絶対小説のネタにしてやる……!」と心に決めていました。ついにやりました!(笑)

テーマとして書きたかったことのひとつが、お仕事と恋愛の両立って難しいよねということ。私もついつい、お仕事優先になりがちなタイプです。

この作品を書く際、学生時代に彼氏よりバイトを優先してばかりいたら、当時の彼に「お前は金の亡者だな」と言われたことを思い出しました……。そんな古傷をえぐる思いで書いた作品です！　少しでも楽しんでいただけたらなによりです。

最後になりましたが、何度も修正に根気よくお付き合いくださりお力添えくださった担当の鶴嶋様。編集協力の佐々木様。いつもお世話になっております編集部の皆様。表紙に素敵なふたりを描いてくださったカトーナオ様。そして、いつも応援してくださる読者の皆様。

たくさんの方のおかげで、こうしてまた大切な一冊を生み出すことができました。本当にありがとうございます。

またいつか、お会いできることを祈って。

夏雪《なつゆき》なつめ

夏雪なつめ先生への
ファンレターのあて先

〒104-0031
東京都中央区京橋1-3-1
八重洲口大栄ビル7F
スターツ出版株式会社　書籍編集部　気付

夏雪なつめ先生

本書へのご意見をお聞かせください

お買い上げいただき、ありがとうございます。
今後の編集の参考にさせていただきますので、
アンケートにお答えいただければ幸いです。

下記URLまたはQRコードから
アンケートページへお入りください。
http://www.berrys-cafe.jp/static/etc/bb

クールな社長の溺甘プロポーズ

2018年5月10日　初版第1刷発行

著　　者　夏雪なつめ
　　　　　©Natsume Natsuyuki 2018

発 行 人　松島 滋

デザイン　hive & co.,ltd.

校　　正　株式会社　文字工房燦光

編集協力　佐々木かづ

編　　集　鶴嶋里紗

発 行 所　スターツ出版株式会社
　　　　　〒104-0031
　　　　　東京都中央区京橋1-3-1　八重洲口大栄ビル7F
　　　　　TEL　販売部　03-6202-0386（ご注文等に関するお問い合わせ）
　　　　　URL　http://starts-pub.jp/

印 刷 所　大日本印刷株式会社

Printed in Japan

乱丁・落丁などの不良品はお取替えいたします。
上記販売部までお問い合わせください。
定価はカバーに記載されています。

ISBN 978-4-8137-0451-5　C0193

ベリーズ文庫 2018年6月発売予定

書店店頭にご希望の本がない場合は、
書店にてご注文いただけます。

『ワケあって本日より、住み込みで花嫁修業することになりました。』

田崎《たさき》くるみ・著

Now Printing

OLのすみれは幼なじみで副社長の謙信に片想い中。ある日、突然の縁談が来たと思ったら…相手はなんと謙信！　急なことに戸惑う中、同居＆花嫁修業することに。度々甘く迫ってくる彼に、想いはますます募っていく。けれど、この婚約にはある隠された事情があって…？

ISBN978-4-8137-0472-0／予価600円＋税

『もう一度君にキスしたかった』

砂原雑音《すなはらのいず》・著

Now Printing

菓子メーカー勤務の真帆は仕事一筋。そこへ容姿端麗のエリート御曹司・朝比奈が上司としてやってくる。以前から朝比奈に恋心を抱いていた真帆だが、ワケあって彼とは気まずい関係。それなのに朝比奈は甘い言葉と態度で急接近。「君以外はいらない」と抱きしめてきて…!?

ISBN978-4-8137-0473-7／予価600円＋税

『俺様ドクターと至極のリアルロマンス』

水守恵蓮《みずもりえれん》・著

Now Printing

雫が医療秘書を務める心臓外科医局に新任ドクターの祐がやってきた。彼は大病院のイケメン御曹司で、形ばかりの元婚約者。祐は雫から婚約解消したことが気に入らず、「俺に惚れ込ませてやる、覚悟しろ」と宣言。キスをしたり抱きしめたりと甘すぎる復讐が始まり…!?

ISBN978-4-8137-0469-0／予価600円＋税

『幼妻育成!?軍人皇帝は溺愛初夜が待ち遠しい』

桃城猫緒《ももしろねこお》・著

Now Printing

王女・シーラは、ある日突然、強国の皇帝・アドルフと結婚することに。ワケあって山奥の教会で育てられたシーラは年齢以上に幼い。そんな純真無垢な彼女を娶ったアドルフは、妻への教育を開始！　大人の女性へと変貌する幼妻と独占欲強めな軍人皇帝の新婚物語。

ISBN978-4-8137-0474-4／予価600円＋税

『続きは秘密の花園で-副社長の愛は甘くて苦い?-』

木村咲《きむらさき》・著

Now Printing

花屋で働く女子・四葉は突然、会社の上司でエリート副社長の涼から告白される。「この恋は秘密な」とクールな表情を崩さない涼だったが、ある出来事を境に、四葉は独占欲たっぷりに迫られるように。しかしある日、涼の隣で仲良くする美人同僚に出会ってしまい…!?

ISBN978-4-8137-0470-6／予価600円＋税

『極甘王太子は寵姫の愛に陥落する』

惣領莉沙《そうりょうりさ》・著

Now Printing

王太子レオンに憧れを抱いてきた分家の娘サヤはある日突然王妃に選ばれる。「王妃はサヤ以外に考えられない」と国王に直談判、愛しさを隠さないレオン。「ダンスもキスも、それ以外も。俺が全部教えてやる」と寵愛が止まらない。しかしレオンに命の危険が迫り…!?

ISBN978-4-8137-0475-1／予価600円＋税

『結論、保護欲高めの社長は甘い狼である。』

葉月《はづき》りゅう・著

Now Printing

商品開発をしている綺代は、白衣に眼鏡で実験好きな、いわゆるリケジョ。周囲の結婚ラッシュに焦り、相談所に入会するも大失敗。帰り道、思い切りぶつかった相手がなんと自社の若きイケメン社長！「付き合ってほしい。君が必要なんだ」といきなり迫られて…!?

ISBN978-4-8137-0471-3／予価600円＋税